大唐狄公案 01

黄金案

THE CHINESE GOLD MURDERS

[荷] 高罗佩 著
张凌 译

上海译文出版社

Robert van Gulik
THE CHINESE GOLD MURDERS

图书在版编目(CIP)数据
黄金案 / (荷) 高罗佩 (Robert van Gulik) 著；张凌译. -- 上海：上海译文出版社, 2025. 8 (2026. 1 重印). -- (大唐狄公案：文库本). -- ISBN 978-7-5327-9882-7
Ⅰ. I563.45
中国国家版本馆CIP数据核字第2025VX5479号

黄金案
[荷]高罗佩 著　张凌 译
责任编辑 / 顾真　装帧设计 / 赤祥

上海译文出版社有限公司出版、发行
网址：www.yiwen.com.cn
201101　上海市闵行区号景路159弄B座
山东韵杰文化科技有限公司印刷

开本 890×1240　1/64　印张 6.25　插页 2　字数 109,000
2025年8月第1版　2026年1月第3次印刷
印数：12,001—15,000册

ISBN 978-7-5327-9882-7
定价：35.00元

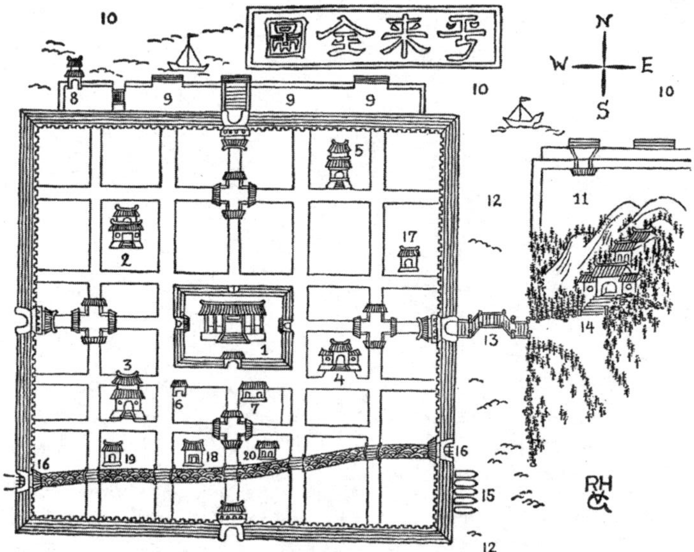

蓬莱全图

1. 县衙　2. 孔庙　3. 关帝庙　4. 城隍庙　5. 鼓楼　6. 九华庄　7. 旅店　8. 大蟹饭庄　9. 码头
10. 河流　11. 高丽坊　12. 溪流　13. 彩虹桥　14. 白云寺　15. 花船　16. 水门　17. 曹宅
18. 易宅　19. 顾宅　20. 饭馆

新版序言

伊维德（Wilt L. Idema）
哈佛大学中国文学荣休教授
莱顿大学中国语言与文学荣休教授

高罗佩（Robert van Gulik，1910—1967）是一个具有多方面卓越才能的人。在职业生涯中，他是一位成功的外交官，早年曾两度赴日工作，最终升至荷兰驻日本大使。作为学者，他对汉学研究做出了重要贡献，因而被选为荷兰皇家艺术与科学院院士。在人生的最后二十年里，他又多了一重身份，即成功的侦探小说作家，以狄公为主角的英文原著已被翻译成许多种语言。高罗佩并非第一位从中国汲取灵感的西方作家，然而却是为数不多的以中国为创作源泉、其作品在中国也大获成功的作家之一。二十世纪八十年代初，他的小说传入中国，很快便广受欢迎，在很大程度上提升了大众对狄仁杰的关注。如果没有高罗佩的贡献，狄仁杰就不会在中国享有如今的知名度。

高罗佩出生于荷兰，却成长于荷属东印度（即如今的印度尼西亚），其父曾在当地殖民军中担任军医官。他小学毕业后，全家迁回荷兰，定居在奈梅亨。他进入奈梅亨市立高级中学，不但学习荷兰语，还依照标准课程设置学习英语、德语、法语、拉丁语和古典希腊语。就在此地，高罗佩遇到了乌伦贝克（C. C. Uhlenbeck，1866—1951），这位退休的比较语言学教授引导他接触梵文，他也协助教授编纂出印第安黑足语的语法书和词汇集。在高中的最后几年里，他开始自学中文。

在选择大学专业时，高罗佩决定攻读中文，而不是父母所期望的比较语言学。在其自传稿中，他坦承这一专业的吸引力主要来自由此可得到的奖学金：

> 我隐约浮想着波西米亚式的生活，“醇酒、女人和歌曲”在其中将会扮演重要角色。坦率地说，我渴望享受肉欲的欢乐，但是打算自己出钱来支付。

中文系学生只要签约同意毕业后为荷属东印度殖民政府工作至少十年，便可获得一份在当时颇为丰厚的奖学金。二十世纪三十年代初，莱顿大学中文专业的首要目标是为巴达维亚（即如今的雅加达）东亚事务办公室培训未来的职员而提供实践课程，因此要求学生兼修日文和法律，这两门功课对高罗佩更具吸引力。他在莱顿大学获得学士学位，然后进入莱顿国家民族学博物馆担任助理，同时在乌特勒支大学获得了硕士和博士学位，正准备远赴巴达维亚时，殖民事务部却决定不需要新人入职，但是他幸运地被外交部选中并派往日本东京担任初级职位。这一意想不到的职业变更很可能是类似塞翁失马的幸事。可以委婉地说，当时的巴达维亚并非学术中心，殖民事务部送新雇员去中国深造时，他们将作为学生被派往各地。高罗佩在东京时，外交官的身份有利于他接触日本各界学者，也有利于他经常去北京旅行。他在北京广泛结交中国学者，与各方同道一起研习切磋文人雅士推崇的种种才艺，比如书法、绘画和古琴，并很快出版了一些相关论著，这些成果不但基于书面资料，而且来自他的亲身经历，这两方面的结合使之无论在中国还是其他地方，至今都仍具有价值和意义。他的学术专著几乎都已被译成中文。后来的几年里，他一直持续发表有关自己感兴趣的中国文化课题的作品，却不受学术研究工作的种种限制，这一点令他的汉学同行们不免感到困惑，或许也不乏羡妒之情。

1942 年，高罗佩在日本的愉快生活宣告结束。他先在英属东非和北非逗留了一段时间，然后被荷兰流亡政府派往中国任职。1943 年 3 月，高罗佩抵达重庆，一直工作到 1946 年被召回荷兰、后来又派往华盛顿为止。在这短短的三年内，他与中国各界学者密切交往，还练习书法、弹奏古琴。如今的重庆三峡博物馆为曾经生活在此地的高罗佩专门设置了一间展厅。1946 年 5 月，荷兰使馆从重庆迁至南京，沿长江而下的水路颇多风险，据说他与中国民间（非学界和官方）的社会交往为这次搬迁的顺利完成发挥了积极作用。在旅居中国期间，高罗佩生活中最重要的事件则是发生在个人生活领域：

> 1943 年夏天，我遇到了使馆社会事务部的秘书水世芳，一位二十二岁的北京姑娘。……我们彼此相爱，我向她求婚。

高夫人出身于门第显赫的官宦之家，其父曾担任过天津市长。夫妇二人后来育有三子一女。

1948 年，高罗佩再度被派往东京任职，自此开始写作狄公案系列小说。从少年时代起，他就是一个侦探小说爱好者，读大学时还尝试过自行创作，早年的手稿至今留存。第二次世界大战后，日本图书市场上充斥着美国侦探小说，他对此深感不满，声称读者理应看到更好的作品。当有人要求展示样本时，他开始动笔撰写一部东方侦探小说，不过参照的并非《包公案》《施公案》或《彭公案》式的中国传统公案文学（这类小说叙述的重点不是查明罪行如何实施和揭开罪犯身份的过程，而是铁面无私的判官如何逮捕、审问和处决罪犯），却是《武则天四大奇案》的前半部。此书不甚出名，可能出现于清代中期，书中所述的狄仁杰的生平事迹完全出于虚构，前半部分是狄仁杰身为地方县令时的经历，凭借自己的聪明才智查出真相，从而破获了三桩命案；后半部分则是狄仁杰升官入京、在武后主政的宫廷里秘密复兴李唐王朝的故事，不但智断疑案，还设计阉割了武后的男宠，并使太子李显成功复位。高罗佩认为后半部分是他人续写的拙劣之作，将其完全删去，只将前半部分译成英文，命名为

《狄公案》(*Dee Goong An*),1949 年在东京出版。经过这一番大力删减,他创造出了一部前所未有的中国侦探小说,堪为后来自行创作的狄公案系列小说的样本。起初,他依照该样本的模式,让身为地方县令的狄公同时勘查三桩案件,但是在后期作品里简化了情节主线。高罗佩毕竟仍是一位全职外交官,不断晋升至更重要的职位。或许是因为不太喜爱传统公案小说,他就去中国古籍里寻找适用的素材,由此对古代刑案记录产生了兴趣,并最终出版了《棠阴比事》英译本。

高罗佩曾经说过,出版狄公案系列小说还推动了他对于中国明代春宫图的研究。二战之后,日本出版的侦探小说总是用色彩艳丽的裸女图作为封面,高罗佩的出版商也坚称要狄公案小说如法炮制。高罗佩想让封面上的女子呈现出真正的中国风格,于是这位荷兰外交官兼一家之主迫于情势,只好发信询问古董商和收藏家们可有描绘裸女形象的中国木版画。一旦得知确实存在明代套色春宫图时,他产生了一种强烈的学术愿望，想要将这一发现公诸于世，但是必须附上关于中国古代性生活的详述才行。结果，他在那个古板正统的时代里写出了《秘戏图考》，“1951 年在东京私人印制五十册”，仅仅分赠给一些选定的图书馆。他还依照中国传统风格，为狄公案小说自行绘制出插图，每本书里都有至少一幅略显生硬的裸女画。高罗佩初见春宫图的故事是否真实或可存疑，不过这位忙碌的大使后来确实设法抽时间继续深入研究中国古代性生活，最终完成了多卷本《中国古代房内考》，于 1961 年出版。依照当时的习惯，书中所有露骨的文字都用拉丁语写成。

二十世纪六十年代后期，莱顿大学的中国研究方向被命名为“中国语言和中国文化”，我在这一领域学习数年，至此才接触到高罗佩的汉学研究成果。然而早在上中学时，我就已经读过了狄公案系列小说。我的家乡是一个小村庄，那里有一座公共图书馆，每年都会购入新书。到了星期五晚上，人人都可以去借阅。每年初冬时节，一旦狄公案小说又有荷文版新作问世，我就会在父亲的严格命令下去图书馆尽快借出。父亲想在星期六晚上阅读，因此这书只有星期五晚上和星期六白天归我所有，我必须在交给父亲之前抓紧看完。此事大大提高了我的快速阅读能力，不过首要原因还是我非常喜爱这些小说。在进入莱顿大学之前，我读过的所有关于中国的书，除了赛珍珠（Pearl S. Buck）的《牡丹》（这是我购入的第一册美国平装本书籍）之外，唯有高罗佩的狄公案系列。后来，父亲收集起一整套荷文版狄公案小说，过后又传到我的手里，我一直珍藏至今。

高罗佩以中国为题材进行写作，然而面向的读者却是西方人。历史上的狄仁杰生活在唐朝，高罗佩笔下的狄公却身处明代背景之中。他对于明代的了解来自个人学术研究以及阅读的中国传统小说。在狄公案系列里，他加入了不少文字和评注，旨在为读者解说中国古代社会与文化，以几部早期作品尤为显著。二十世纪八十年代，狄公案小说初次进入中国时，当时的译者认为这些内容对于中国读者来说显得多余，将它们大多删去，同时做了其他一些改动，为的是能够在中国出版。值得庆幸的是张凌做出了一个狄公案小说全集的完整的新译本，并附有全部原著插图。除此之外，她还重译了高罗佩的长篇传记并加以扩充，此书由巴嘉迪（C. D. Barkman）和万莲琴（H. de Vries－van der Hoeven）所著，荷文原本于 1993 年在荷兰出版，英译本于 2018 年出版。

作为一名职业外交官，高罗佩曾是荷兰政府的代表，然而作为知识分子和学者，无论过去、现在还是将来，他始终都是东西方文化之间的大使。

2024 年 11 月

荷文本导言

托马斯·范古利克

在荷兰莱顿大学图书馆特藏部里，有一间高罗佩专室，里面陈列着这位荷兰汉学家的藏书。这是一批非常独特的中文善本书，其中最古老的藏品可以追溯到十五世纪，对于荷兰乃至世界其他国家的汉学研究做出了极有价值的贡献。

高罗佩曾经在莱顿和乌特勒支研习中文，在乌特勒支大学获得博士学位后，进入海牙外交部工作。由于他能够流利地读写几种东方语言，因此在外交生涯中常常被派到远东国家任职。1967 年，他在荷兰驻东京大使的任上去世。他一生从事外交工作，同时坚持不懈地进行汉学研究，出版了多种有关中国艺术与文化的专著，涉及的主题极其广泛。当他离世后，留下的大量藏书捐赠给了莱顿大学图书馆。

这些藏书里有一本非常罕见且脆薄易损的中文书，是清代文人所写的关于传奇县令狄公的作品，讲述了唐代大侦探狄仁杰如何在其随从的协助下勘破三桩疑难命案的故事（即《武则天四大奇案》）。作为侦探小说的狂热爱好者，高罗佩将这部原汁原味的公案小说译成了英文（即英译本《狄公案》），想要以此书作为媒介，向西方世界展示中国具有自己的侦探小说风格、自己的梅格雷或歇洛克·福尔摩斯，甚至还有自己的华生。历史上的狄公曾经做过地方县令，这是中国古代行政体系里最小辖区的长官，不仅担任法官，还要担任市长和警察局长，负责调查当地发生的罪案。

英译本《狄公案》出版后，高罗佩收到了许多热情的回应，受此鼓舞，他将这位唐代大侦探写入了自己创作的系列侦探小说之中。故事设定在明朝，因为明朝是中国文化与艺术的黄金时期，这一选择也为他创造故事背景提供了更多可能性。在狄公案小说里，他将自己掌握的中国古代文化与社会的广博知识和真实中国背景下的精彩故事融为一炉。

狄公三十三岁时被朝廷任命为蓬莱县令，蓬莱是一个港口城市，位于中国东北海岸。《黄金案》虽然是出版问世的第四部狄公案小说，然而依照整个系列的时间顺序，却是第一个故事。本书开篇时，狄公正走在初次赴任蓬莱的路上。我们还认识了他的两名随从马荣、乔泰，由于身为县令，他可以委任二人为官差。他所信赖的谋士洪亮洪都头也是亲信团中的一员，再加上在《湖滨案》里最后出场的陶干，这一群得力助手对狄公忠心耿耿，在整个系列小说中，跟随他从一地调任到另一地。狄公是中国高层官员的典范，身为文人雅士，不但精通书画鉴赏，弹奏古琴也颇具天赋。他笃信以道德规范为基础的儒家教义，极其排斥带有神秘色彩的道教和从印度传入的佛教。他将粗活留给几名随从去做。马荣心直口快，擅长拳脚功夫，像一块未经雕琢的璞玉，值得信赖但是略显粗野，喜欢喝几杯酒，还有很多艳遇。谜一般的乔泰曾经投身行伍，经历过一次事变后脱离官军，立誓要报仇雪恨。愤世嫉俗的陶干是一个改邪归正的江湖骗子，对下层社会了如指掌，只用一根铁丝就能溜门撬锁。有这几位亲随从旁襄助，狄公在查案追凶时，自会得到全力支援和见多识广带来的益处。

狄公是经过加工改动的高罗佩的自我。高罗佩曾经说过：我就是狄公。他们二人确实具有许多共同的特质：都是高层官员，都是精通文学的学者。但是，高罗佩的某些特点也表现在狄公的随从身上——比如马荣和乔泰的冒险精神和对女人的兴趣。

从 1950 年到 1967 年，高罗佩出版了十六部狄公案小说，迄今已被译成二十九种语言，在全世界范围内广为流传。1956 年至 1959 年，他在贝鲁特担任荷兰公使时写出了《黄金案》。1965 年，荷兰朱丽安娜女王的丈夫伯恩哈德亲王将此书译成西班牙语（名为Fantasma en Fu-lai，由马德里阿吉拉出版社出版）。在写给高罗佩的一封信中，亲王说他的西班牙语教授审查过译本中马荣的一些言语，因为对于一位亲王来说，这些文字颇不相宜。小说全集近年来已在中国出版，因此中国读者也能欣赏到他们蜚声世界的侦探狄公的精彩故事。

《黄金案》是第一系列五部小说中的一部。这些作品都是用英文写成初稿，后来又出版荷文本。在第一系列里，高罗佩保留了中国传统公案小说的风格，书中的主角和配角数量众多。虽然书前附有人物表，但是对于西方读者来说，想要个个都记住，有时仍会比较困难。《黄金案》里一共有二十二个人物，不过比更早成书的《铜钟案》要少五个。在第一系列之后，高罗佩简化了小说模式，使得故事更为生动，时间跨度更短，出场的人物也更少。

书房正是父亲写小说的地方，里面摆满了书籍、中式家具和古董，所有物品从一个任所搬到另一个任所，走遍了世界各地。在每一处大使官邸内，书房总要重新布置一番。在那些固定不变的藏品中，有一柄非常锋利的中式直刃古剑，外面套着漂亮的木质剑鞘，剑身呈乌青色。虽然父亲从未说过，我却认为这就是狄公的雨龙剑，由中国古代著名工匠三点铸造而成。在《黄金案》中，你们将会读到雨龙剑是如何救了狄公一命的。

2015 年 6 月

日译本 1965 年初版前言

高罗佩

我对中国唐代狄公及中国侦探小说的兴趣，始于二十五年前来到日本之后，而我创作的狄公案系列小说的第一部《迷宫案》是十五年前由东京的讲谈社翻译出版的。当时的翻译工作委托给了我的老友鱼返善雄先生，而序言则是麻烦江户川乱步先生撰写。江户川先生还在昭和二十五年（1950 年）九月号的《宝石》杂志上，专门举办了一场关于我的侦探小说的座谈会。那个时期，我的小说尚未以英文出版，因此我的这些工作完全不为西人所知。正因为如此，可以说我作为侦探小说家的第一步，是在日本迈出的。

其后，我在印度、中东及马来亚联合邦（现在的马来西亚）的荷兰大使馆陆续工作了十五年。在公务之余，我又创作了十部以狄公断案为主题的长篇推理小说。这些作品已被翻译成英、法、德以及其他六种语言出版，并很快被英国的企鹅口袋书以及美国的戴尔（Dell）、艾文（Avon）、矮脚鸡（Bantam）和口袋书系列再版发行，截至目前，总销量已超过一百万册。这一意想不到的发展连我自己都感到惊讶。回顾这一路的经历，我深深感谢十五年前江户川先生与鱼返先生对我的指导和鼓励。

今年，我作为荷兰大使第三次来到日本，借此机会，我衷心希望能出版狄公案系列中最受好评的《黄金案》日文版。我原计划在译稿完成后拜访江户川乱步先生，并告诉他我准备将这本书作为我们友情的象征出版。然而，就在这个时候，江户川先生不幸离世了。想到日本推理小说界失去了一颗巨星，国内外的朋友失去了一位良友，我深感痛惜，谨将此《黄金案》献给已故的先生。

昭和四十年八月十五日

（徐小洁　译）

前言

高罗佩

《黄金案》将我们带回了狄公仕途生涯的起点。在三十三岁时，他首次担任地方县令，前往位于山东省东北海岸的蓬莱就职。

当时唐高宗（649 年—683 年在位）赢得了对于高丽大部分领土的宗主权。根据狄公案系列小说年表，狄公于 663 年夏天到达蓬莱。[1] 在 662 年秋天的中国—高丽战争中，中国击败了高丽日本联军，玉素姑娘便是被掳来的战俘。乔泰作为百长，参加过 661 年的战役。

书前附有蓬莱地图，后记中有关于中国古代司法制度的介绍，其内容从本系列小说前一部中转来并稍作改动，另有关于小说素材来源的说明。

1 狄公于 665 年从蓬莱调任至汉源，668 年又调任至江苏蒲阳，670 年调至位于西部边陲的兰坊并任职五年，676 年调至北部的北州，作为地方县令破获了最后三桩疑案，同年被擢升为京师大理寺卿。——原注

目录

人物表 / 001

第一回 / 001 三故友道别亭阁内 二强人拦路大道中

第二回 / 015 恶斗中断未分胜负 举杯欢饮从此结盟

第三回 / 033 主簿细述命案始末 县令夜探空宅惊魂

第四回 / 053 书斋内证物剩无几 茶炉中玄机未分明

第五回 / 067 巧遇故旧盛情款待 夜行河边异象忽生

第六回 / 081 醉相公吟诗对明月 新官差遇妓在花船

第七回 / 101 偶获漆匣始闻逸事 夜探佛寺暗验陈尸

第八回 / 121 失娇妻船主报官府 查两案县令析疑情

第九回 / 139 田庄内查案审佃户 桑林中掘尸惊众人

第十回 / 159 老学究开言谈义理 狄县令解惑释谜团

第十一回 / 181 访高僧再入白云寺 享美食初临大蟹庄
第十二回 / 201 错杀二人至死不悟 追查行迹仍旧无踪
第十三回 / 223 兄弟结伴再登花船 情侣欢会不意反目
第十四回 / 241 狄公详析未遂谋害 女子蒙面现身公堂
第十五回 / 257 新妇细述骇人遭际 老吏自承离奇罪行
第十六回 / 281 用膳处闻仆说疑犯 观戏时听案赞判官
第十七回 / 305 高僧主持佛门盛典 假儒被揭颜面尽失
第十八回 / 321 狄县令解说恶阴谋 神秘人终现真面目

后记 / 343

译后记 / 355

插图一览

三故友道别亭阁内 / 009

路遇劫匪二人恶斗 / 020

入书斋狄公寻踪迹 / 061

新官差遇妓在花船 / 097

失娇妻船主报官府 / 129

田庄内查案审佃户 / 149

焚尸炉内烈火熊熊 / 199

新妇细述骇人遭际 / 265

老吏自承离奇罪行 / 277

假儒被揭颜面尽失 / 319

易　本
富裕船业主。

白　凯
易本的管事。

顾孟宾
富裕船业主。

顾曹氏
顾孟宾的新妇。

曹　敏
顾曹氏之弟。

曹鹤仙
顾曹氏之父，经学博士。

金　桑
顾孟宾的管事。

慧　本
白云寺首座。

慈　海
白云寺施赈僧人。

THE CHINESE GO

人物表

狄仁杰 新任蓬莱县令，人称「狄公」。蓬莱位于山东省东北海岸。

洪　亮 狄公的亲信随从，县衙都头，人称「洪都头」。

马　荣 狄公的亲信随从。

乔　泰 狄公的亲信随从。

唐主簿 蓬莱县衙主簿。

王德化 原蓬莱县令，在书斋中被人毒杀。

玉　素 高丽妓女。

范　仲 蓬莱县衙书办。

老　吴 范仲的男仆。

裴　九 范仲的佃农。

裴淑娘 裴九之女。

阿　广 无业闲汉。

海　月 白云寺住持。

LD MURDERS

第一回

三故友道别亭阁内
二强人拦路大道中

无常世间，常有聚散。

悲欢更迭，昼夜流转。

官员来去，公义存焉。

皇统国祚，千秋万年。

三名男子就座于悲欢阁的顶层，一边眺望着从京师北门出城而去的大道，一边各自默默饮酒。这是一座老字号的三层酒楼，位于松林密布的小丘之上，不知从何时起，这里便成了京官专门送别外放官员的地方，待到他们任期已满、返回京城时，亦在此处相迎。正如镌刻在前门上的开篇诗句所言，这阁子因其迎来送往之用而得名。

天空一片阴霾，春雨下得淅淅沥沥，仿佛永无休止。小丘背后的坟园内，两个苦力正躲在一棵古松下避雨，彼此紧紧靠在一处。

三位友人已草草用过午膳，眼看道别在即，然而这最后的时刻煞是艰难，人人都试图说些合宜的话语，却搜肠刮肚也想不出一句来。三人皆是三十左右年纪，其中二人头戴主簿的锦帽，即将上路的一位则头戴地方县令的黑帽。

梁主簿重重放下酒杯，对那县令怅然说道："狄兄此举真是大可不必，小弟至今为之倍感伤神！你明明可以做到大理寺主簿，如此一来，便与这位侯兄成了同仁，我等仍可在京师中逍遥度日，再说年兄——"

狄公手捋漆黑长髯，已是颇觉不耐，此时断然插话道："你我业已议之再四，况且——"话刚出口，却又立时煞住，随即歉然一笑，"之前曾对二位明言，整日埋头案牍公文，只研究些纸上官司，早已令我心生厌倦。"

"那也不必非得离开京城吧。"梁主簿又道，"莫非此地就没个令人起兴的案子不成？户部员外郎一案如何？那人似是名叫王元德，杀死下属小吏，还从银库中窃走了三十锭黄金，从此遁迹潜逃。侯兄的叔父，户部郎中侯广大人为了此事，正天天催问大理寺可有消息，侯兄想必最清楚不过了！"

身着品官补服[1]的侯主簿面露忧色，犹豫片刻后方才答道："那歹人究竟隐匿何处，官府至今仍无一丝头绪。此案颇可寻味，狄兄想已知之！"

"侯兄想亦知之，"狄公淡淡说道，"此案由大理寺卿亲自过问，你我迄今看过的只是寥寥几份例行公文与抄件而已，除了文书还是文书！"说罢取过白镴酒壶，自行斟满一杯。

三人默然半晌，梁主簿又开言道："年兄至少也

---

1 指缀有"补子"的中国古代官服。明代补服的补子是一块约 40 到 50 厘米见方的绸料，织成不同纹样，再缝缀到官服上，胸背各一，表示品级，文官用飞禽，武官用走兽，各分九等。

该挑个更好的去处才是！蓬莱远在海疆，雾雨连绵，甚是阴冷凄清。关于那地方，自古以来便有种种奇事异闻，莫非你不曾听人讲过？据说在风雨之夜，死人会从坟墓中爬出，海上飘来的迷雾里会浮现出奇形怪状之物，甚至听说山林中有人虎出没。有人已然被害身亡，你却要去接替他的职位！但凡明智识窍者被委以此任，定会推托婉拒，谁知年兄竟然毛遂自荐！”

狄公却是听而不闻，兴冲冲地说道：“试想甫一到任，便有一桩疑案摆在眼前。从今往后，我总算可以甩脱枯燥无味的案牍公文，能与有血有肉的大活人打上交道了！”

“别忘了你还得与死人打交道哩！”侯主簿淡淡说道，“派去蓬莱的查案官回京后，上报曰关于蓬莱县令被害一案，至今不明凶手是何许人，亦不知为何要杀人害命。我曾经跟你讲过，查案官带回的案卷存放在大理寺档房内，居然有一部分莫名失踪了！”

“个中玄机，你我皆是心知肚明！”梁主簿附和道，“足见县令被害与京师不无干系。年兄若是办理此案，天晓得会捅出什么马蜂窝来，或是因此被卷入高官显宦们的阴谋中去也未可知！你已是明经及第，有此功名，留在京师中定会前程大好，何必埋没在蓬莱那样的偏远之处！”

“小弟也建议年兄不妨三思。”侯主簿亦热切说道，“眼下仍为时未晚。你只需推说突发小恙，告上十天的病假，吏部自会另行委派他人赴任。狄年兄千万听小弟一句，若非知交好友，我断不会道出此言！”

狄公见二友眼中流露出殷殷恳切之意，不禁颇为动容。自己与侯主簿相识虽不过一年，却已深觉此人头脑敏锐、才干优长，一向赞赏有加。

狄公举杯一饮而尽，起身温颜说道：“二位一片忧虑关怀，足见高谊，狄某承情之至！二位所言甚是，倘若留在京师，于我的前程更为有利，但我自认应有此担当。梁兄方才说的功名，在我看来只是老套常规，算不得什么大事，后来在秘阁中埋头公文，消磨数载，亦是乏善可陈。狄某心意已决，立志从今往后，上为天子，下为黎民，竭诚效力，万死不辞，非如此不足以心安，蓬莱才是我走上仕途的真正起点！”

“或是终结也未可知。”侯主簿低声咕哝一句，起身踱至窗前，正瞧见那两个苦力已走出树荫开始掘土造墓，忽然面上变色，连忙顾视左右，又转头哑声说道：“外面已是风停雨歇。”

“那我便上路了！”狄公朗声说道。

三人顺着狭窄盘旋的楼梯，一路朝下走去。

只见一位老者牵着两匹坐骑，正在院中等候。伙计斟好了上马酒，三友皆一饮而尽，最后又语不成句地叮咛嘱咐一番。狄公登鞍上马，扬鞭作别，与老者一同朝大道驰去。

梁侯二人仍旧立在原地，目送狄公远去。侯主簿

三故友道别亭阁内

面带隐忧，开口说道："我刚刚听说一事，只是不想让狄年兄知道。今日一早，有人从蓬莱入京，对我道是那边正谣言纷纷，传说有人看见了被害县令的鬼魂在县衙中四处游荡。"

两天之后，将近正午时分，狄公与其随从行至山东省界。二人在兵营关卡中用过午饭，又换过马匹，然后沿着大道一路朝东，直奔蓬莱而去，此时途经一片乡间地带，周围山坡起伏，密林丛生。

狄公身着简朴的褐色骑服，两只大鞍袋里装着官袍与其他几样私物。离京之前，他决意独自一人先赴蓬莱，稍事安顿之后，两位夫人与子女随后再到，因此方可轻装出行，待家眷仆从们一路车马箱笼前来时，再捎上自己的一应家什。狄公有两件最为珍爱的宝物，皆由随从洪亮携在身上，一是著名的雨龙剑——此乃狄家的传家之宝，二是一部关于司法断案的典籍——狄公之父生前曾官至尚书左丞，在此书中留下了许多亲笔批注。

洪亮原是太原狄府的一名老家仆。狄公尚在幼年时，便得他悉心照料。后来狄公迁至京城并自立门户，忠心耿耿的洪亮始终襄助左右，既能督管家中一应事务，又能出谋划策，十分得力。如今狄公外放蓬莱，洪亮仍坚持一路相随。

狄公缓辔而行，转头说道：“洪亮，如果天气一直晴好，今晚我们便可抵达兖州城，明日一早再出发上路，午后便能走到蓬莱境内。”

洪亮点头说道：“我们应对兖州的军营统领提议，让他派出信使快马先行，好去蓬莱县衙告知老爷即将驾临的消息，并且——”

“此事大可不必！”狄公插言道，“那边自从县令遇害后，由主簿负责暂理一应庶务，让他得知新县令已经任命便足矣！今日经过省界时，军营统领提出派兵护送，但我更愿悄悄抵达，不想惊动地方，因此才辞谢未受。”

狄公见洪亮默然不语，便又说道："我已仔细读过王县令被害一案的案卷，但是最要紧的一部分文书却已不翼而飞，即在死者书斋内找出的私人信札。查案官将这些书信带回京师，不料却被人盗走了。"

洪亮忧心说道："查案官在蓬莱时，为何只驻留了短短三日？朝廷命官被害毕竟非同小可，他本应多花些时日，对于凶手为何作案、如何作案，至少也该查出个眉目来再走才是。"

狄公频频点头，议论道："此案颇多蹊跷之处，这只是其中的一桩罢了！查案官只是报称王县令被毒杀在书斋内，毒药是用蛇根木磨成的粉末。至于如何下的毒，却是一无所知，关于凶手究竟是谁以及为何作案，亦是毫无线索！"

半晌过后，狄公又道[1]："此次任命一被批准，我便去大理寺拜会那查案官，不想他已远赴南方公干去

1 "半晌过后，狄公又道"不见于荷文本。

也。他手下主簿给我的文书并不齐全，还说查案官从未跟他议论过此案，不曾留下任何批注，也没说过应当如何继续追查。看此情形，我们怕是得从头做起了！”

洪亮并未答言，似是没有狄公那般心热。二人默默走了一程，半日也没遇见一个路人，不觉行至一片乡间野地，道路两旁皆是大树与浓密的灌木丛。

二人经过一个转弯处，路边小径上突然冒出两个骑马的大汉，身穿打了补丁的骑服，头上扎着肮脏的蓝布条，一人持弩瞄准他们两个，另一人手握钢刀驱马上前，大声喝道：“当官的，赶紧下马！留下你和那老头儿的买路财！”

第二回

恶斗中断未分胜负

举杯欢饮从此结盟

THE CHINESE GOLD MURDERS

洪亮在马背上急忙转身，意欲将雨龙剑递给狄公，不料一支飞箭正擦着头皮飞过。

“老头儿，收着你那破铜烂铁别动！”持弩者叫道，“不然就一箭射穿你的喉咙！”

狄公迅速环顾四周，心知突遭暗算且又无力反击，不禁恼怒地咬紧双唇，暗骂自己不该辞谢官兵护送。

“快些拿钱出来！”持刀者吼道，“遇上我们两个绿林好汉，算是你的造化，姑且放你一条生路逃命去吧。”

“什么绿林好汉！”狄公甩镫下马，冷笑一声说道，“抢劫手无寸铁的路人，还有弓弩手替你护驾！不过是一对平常的剪径蟊贼罢了！”

那大汉从马背上一跃而下，动作异常迅捷，立在狄公面前，手持钢刀拉开架势。只见他身量比狄公还要高出一寸左右，宽肩粗颈十分壮硕，一张阔脸凑上前来，怒道："你这狗官，休得骂人！"

狄公面上涨得通红，对洪亮命道："拿我的剑来！"

持弩者闻听此言，立时驱马赶到洪亮身前，对狄公喝道："闭上你的嘴，老实听话照办！"

"只管放出手段来，让我看看你们并非是剪径蟊贼！"狄公怒道，"给我宝剑，我会先结果了这个贼人，然后再收拾你！"

持刀的大汉突然大笑几声，放下钢刀，对持弩者叫道，"老兄，我们就跟这大胡子消遣一二！把剑给他，我非得让这书呆子稍稍吃些苦头不可！"

持弩者若有所思望了狄公一眼，对同伴厉声说道："没工夫消遣了！我们还是赶紧夺了马匹，离开此地。"

“果然不出我所料，”狄公轻蔑地斥道，“大话连篇，胆小如鼠！”

大汉骂了一声娘，走到洪亮的马前，一把抓过宝剑掷予狄公。狄公接剑在手，迅速脱下长袍，又将长髯分作两绺，在脖颈后系成一结，方才拔剑说道：“无论胜负如何，你们都得放了那老者！”

大汉点头应允，随即举刀冲狄公胸口刺来。狄公轻松挡开后，一连几下左右开弓，对手被逼得退后几步，不禁倒吸一口凉气，多加几分小心才重又攻上前来。一场打斗渐渐激烈，洪亮与持弩者从旁屏息观望。几个回合过后，狄公明显看出对手的剑术是无师自通边打边学来的，刺击的位置不如正经学艺者精准，但是此人体力极佳，并且很有策略地一再引诱狄公到路边激斗，那里地面坑洼不平，更易施展出他的脚下功夫来。狄公虽然习武多年，但是要说在武场外与人真正打斗，这还是生平头一遭，只觉十分快意，正在寻思不久便有机会取胜，对方的寻常钢刀却已不

路遇劫匪二人恶斗

敌雨龙剑的锋刃，就在对手用力一劈时，“哐啷”一声断成了两截。

大汉呆立在地，愣愣看着手中的断刀。狄公一转头，对另外那人喝道：“轮到你了！”

持弩者从马背上跳下地来，脱去外褂，又撩起长袍的下摆掖在腰间。方才他已看出狄公剑法一流，二人交手后，彼此快速进击推挡几下，狄公也看出对方身手不凡，端的是训练有素的行家里手，自己绝不可掉以轻心，于是愈发觉得浑身血往上涌，头一场打斗正好舒活了筋骨，如今感觉已入佳境，雨龙剑也仿佛与自己融为一体，运用得格外自如。只见狄公连攻数下，时而虚晃，时而直刺，对手侧身避开，虽则膀大腰圆，脚下却异常灵活，随后又迅速猛砍数下作为回击，只听雨龙剑挥动处飒飒有声，挡开了招招击刺，然后直刺向对手的咽喉，可惜偏了一寸。那大汉并不畏惧，左右虚晃几下，准备伺机再战。

忽听一阵兵刃撞击的锵锵声，只见一支马队绕过转弯处疾驰而来，却是二十名骑兵，个个背弓佩剑，将狄公等人团团围住。

“你们在此处做甚？”领头者喝问道。此人身穿制衣，戴着一顶缀缨头盔，可知是个巡兵百长。

眼看头一次与人打斗被迫中断，狄公十分着恼，便冲口答道[1]：“在下狄仁杰，乃是新任蓬莱县令。这三人是我手下随从，一路走来，只觉腿脚僵硬得很，故而在此地耍弄耍弄刀剑，专为舒活一二。”

百长面带疑色瞥了四人一眼，大声说道：“这位县尊，烦请寻出官牒来与我瞧瞧。”

狄公从靴筒内抽出一个信封递上。那百长匆匆浏览过里面的文书，又交还给狄公，行了个礼，恭敬说道：“搅扰县尊，还请恕罪则个。小校闻听有剪径强人在此出没，哪敢不小心提防。恭祝县尊一路顺风！”随后朝手下喝令一声，一行人马如飞而去。

---

1 “眼看头一次……冲口答道”不见于荷文本。

等那一队巡兵消失了踪影，狄公方才举起宝剑，口中说道："我们接着再来！"并朝大汉的前胸刺去。

不料大汉挡开这一剑后，随即收刀入鞘，率然说道："县令还是赶路去吧。想不到天下为官作宰者还有如你这般之人，令我心中甚慰。"说罢朝同伴示意一下，二人跳上马背。

狄公将宝剑交给洪亮，重又穿上长袍，说道："我收回方才说过的话。你们确是两条好汉。不过长此以往，你二人定会如平常盗贼一般白白断送了自家性命。无论以前有何冤仇，还是通通忘在脑后为上。听说唐军在北方边陲与胡人大战，正需要你们这般人才。"

大汉迅速瞥了狄公一眼，镇定说道："奉劝县令自己携剑在身，不然怕是又会遭遇不测。"说罢拨转马头，二人一同消失在密林之中。

狄公从洪亮手中取过宝剑，负在自己背后。洪亮满意地说道："老爷给了他们一顿好教训。不知那二人以前做何营生？”

狄公答道：“寻常说来，这些人都是心怀怨愤，从此走上了违法反叛的歧路，有的当真蒙冤受屈，有的却也未必。不过盗亦有道，他们只劫掠官员和富户，还常会帮助穷苦百姓，有着英勇侠义的名声，自称为‘绿林兄弟’。且罢，真是一场好斗，不过也耽搁了不少工夫，洪亮，我们抓紧赶路吧。”

黄昏时分，主仆二人进入兖州城，被城门守卒直接送往驿馆。驿馆位于此城中心，专为过路的官员所设。狄公要了一间二楼的客房，又命伙计送些吃食来，经过长途劳顿，颇觉饥肠辘辘。

用过晚膳后，洪亮为狄公斟上一杯热茶。狄公坐在窗边朝外眺望，只见驿馆前方有许多兵士正穿梭往来，火把的光亮映得头盔铠甲格外耀眼。[1]

忽听有人叩门。狄公转头一看，只见两个高大汉

---

1 “狄公坐在窗边……格外耀眼”不见于荷文本。

子走入房中，不觉惊叫道：“老天！居然是你们这对绿林兄弟！”

两条大汉尴尬地躬身一揖，虽然仍旧穿着打有补丁的骑服，头上却已戴了猎帽。先与狄公交过手的魁梧大汉开口说道：“今天午后，老爷在路边对那百长说我二人是你的随从。过后我们兄弟合计了一番，心想老爷既是县令，我二人不应害得老爷扯谎。若是肯收留我们，从此愿效犬马之劳，忠心服侍老爷左右。”

狄公闻听此言，不禁扬起两道浓眉。另一个大汉急忙又道：“我二人虽说对县衙公务一窍不通，但还懂得依令行事，没准能为老爷干点力气活，多少派上一些用场。”

“你们姑且坐下。”狄公说道，“我先听听你二人的来历。”

两个大汉坐在脚凳上。头一人将硕大的双拳搁在膝头，清清喉咙说道：“我名叫马荣，原是江苏人。我爹曾有一条货船，我本是他的帮手，由于长得身强力壮，又专好与人打架，我爹便送我去跟一个有名的拳师学艺，还让他教我读书写字，日后好去入伍从军。可惜后来我爹意外身亡，还留下许多债务，我迫不得已卖掉货船，给当地县令做了保镖。但是没过多久，我就发现那厮不但贪赃枉法，且又生性狠毒，为了霸占一个寡妇的财产，竟将那女人屈打成招。我与他争执起来，那厮动手打我，于是我便狠狠教训了他一顿，过后不得不亡命山林。但我敢以老爹的在天之灵发誓，我从没随便杀过人，也从没劫得谁倾家荡产过。我这位义兄也是如此。要说的就是这些！”

狄公听罢点头，又看看另外那人。只见他直鼻薄唇，相貌周正，轮廓分明，此时手捻髭须说道：“我原本出身世家，如今隐姓埋名，姑且自称乔泰。有个军官曾故意派我的同袍去送死，我立誓要为他们报仇雪恨。那恶人后来踪迹全无，我向朝廷告发他的罪行，却是无人理睬，于是我就投身绿林，走遍大江南北，唯愿有朝一日能找到那个罪魁祸首，然后取了他的性命。我从不抢劫穷人，我的刀剑也是干净的，从没沾上过不义之血。我为老爷效命，但是请老爷答应我一件事，一旦找到仇家，老爷就得放我离去。我以所有冤死的同袍之名发誓，一定要砍下那人的头扔去喂狗不可。”

狄公缓捋长髯，凝神注视着面前二人，半晌过后说道：“我接受你二人所请，也答应乔泰所说之事。不过，你一旦寻到仇家，须得先让我知晓，并考虑能否将他依律惩处。你们可以与我同去蓬莱，看看有没有用武之地。如果不能如愿，我自会对你们明言，你们也得答应过后立即加入北军。若想跟随于我，以上所言的条件，或是全有，或是全无。”

乔泰面露喜色，欣然说道：“全有或全无，我们将铭记在心！”说罢站起身来，跪在狄公面前叩头三下，马荣也依样而行。

二人起身后，狄公又道：“这位是我的亲信家人洪亮，我对他事事都不隐瞒，以后你们三人将会时常共事。我也是头一次做地方县令，对于蓬莱县衙是何模样，尚且一无所知，想来书吏、衙役、守卫等都是本地人。我还听说蓬莱正有怪事发生，天晓得那些衙员们会如何沆瀣一气。我身边需要有几个亲信，你们三人便是我的耳目。洪亮，叫伙计送一坛酒来！”

四只酒杯一一斟满后，狄公向三名亲随挨个举杯，三人也恭祝老爷贵体康健、事事顺遂。

次日一早，狄公走下楼去，见洪亮与两名新随从正在庭院中等候。马荣乔泰显然已去店铺中采买过衣物，换上了一身整洁的褐袍，腰系黑绦，头戴黑便帽，俨然一副官府差役打扮。

“老爷，今天阴云密布，”洪亮大声说道，“怕是会下雨的。”

“我已带了几顶斗笠，”马荣说道，“如此一来，我们便可直奔蓬莱了。”

四人登鞍上马，从东门出了兖州城。头几里路上行人甚众，后来便渐渐稀少，刚刚进入一片无人的山地时，只见对面有一人骑马疾驰过来，还牵了另外两匹马同行。马荣瞥了一眼，赞道：“真是好马！我喜欢那匹面上有白斑的。”

“那厮不该将皮箱放在马鞍上，”乔泰插上一句，“纯属自招麻烦！”

“何出此言？”洪亮问道。

“在这地方，那红皮箱子常是收租人用来装现钱的，”乔泰答道，“聪明的话就该藏在鞍袋里才是。”

“那人看去似乎十分匆忙。”狄公随口议论道。

正午时分，众人行至最后一道山梁处，忽然下起了一阵瓢泼大雨，于是躲在路边的一棵大树下暂避。远远望去，只见前方一片青葱碧绿的半岛，正是蓬莱县所在。

四人略用了些冷点心，又听马荣大谈自己与乡下女子的几遭艳遇。狄公虽对这些露骨的荤故事并无兴趣，但也心觉马荣贫嘴薄舌的颇有几分诙谐，甚是引人发笑。[1]马荣正欲讲述另一桩类似情事时，却被狄公插话打断，“我听说附近一带还有猛虎，原以为这些野兽会喜好更为干爽的气候。”

乔泰一直从旁默默聆听，此时开口说道：“这事可说不准。此类猛兽通常会在密林丛生的高地上出没，不过一旦尝过了人肉的滋味，也会下到平原里四处游走。不定我们到了那边，还能美美地打一回猎！”

“那些关于人虎的说法，又是怎么回事？[2]”狄公问道。

马荣转过头去，心神不安地瞥了一眼身后黑漆漆的树林，立即答道：“从没听说过！”[3]

---

1 在荷文本中，此处还有：“乔泰寡言少语，不过显然更富教养，狄公不禁暗自寻思此人有何来历。”

2 在荷文本中，此处还有：“我曾听说蓬莱有人会在夜间化作猛虎，甚至于伤人害命。”

3 在荷文本中，本段开头还有：“马荣不安地瞥了乔泰一眼。”

“老爷，可否借宝剑与我瞧瞧？”乔泰发问道，“看去似是一把上好的古剑。”

狄公将宝剑递给乔泰，说道：“此剑名叫雨龙。”

“莫非这就是那著名的雨龙剑！”乔泰喜出望外，大声叫道，“天下哪个剑客提起它来不是心怀敬畏！三百年前，有个最出名的铸剑名匠，人称三点，这便是他亲手打制的最末一把剑，也是最好的一把剑！”

“传说三点曾经锻造过八次，但是皆以失败告终。”狄公说道，“他许下一愿，如果制成的话，就将自己年轻的爱妻献祭给河神。第九次他终于打成了，随即便用此剑在河边砍下妻子的头颅。突然间狂风大作，暴雨倾盆，三点被雷劈死，夫妻二人的尸身也被巨浪卷走。此剑在我狄家代代相传，至今已有二百年之久，向来传给家中长子。”

乔泰拉起项巾，遮住口鼻，免得自己吐息间弄污了宝剑，然后方从鞘中抽出雨龙剑，虔敬地双手捧起，细细赏鉴。只见剑身发出青绿色的寒光，薄薄的利刃上不见一丝裂痕。乔泰目光灼灼，眼中闪过一星神秘的火花，“如果我命中注定死于刀剑之下，但愿会血洒此剑！”说罢深深一揖，将宝剑还与狄公。

此时雨势渐弱，已转为毛毛细雨。四人再度上马，顺着山坡一路驰下，行至地势平坦处，只见路边竖着一根石柱，正是蓬莱县的界碑。狄公眺望远方，只觉赏心悦目，这片雾气迷蒙的泥泞平原，就要成为自己的治下之地了。

众人纵马前行，直到午后多时，方才看见蓬莱城墙从浓雾中隐隐现出轮廓。

第三回

主簿细述命案始末
县令夜探空宅惊魂

THE CHINESE GOLD MURDERS

狄公一行人走到西门前。乔泰凝神打量，只见面前一座二层门楼，样式简朴，墙垣低矮。

“我已看过蓬莱地图，得知此城周围有几道天然屏障。”狄公对三人说道，“城外有一条河，与一条宽阔的溪流在此交汇，在下游九里处的河口建有一座规模很大的要塞，里面驻有重兵，负责检查所有往来船只。几年前我大唐与高丽国交战时，他们曾经拦截过高丽战船，使其不得驶入河流。此河北岸是悬崖峭壁，南岸则只有一片沼泽湿地。蓬莱作为附近唯一的良港，便成了与高丽和日本通商的中心。”

“在京城时，我曾听人讲过，”洪亮说道，“有很多高丽人定居在此地，尤其是水手、船工与僧人。他们住在城东溪流对岸的高丽坊中，附近还有一座有名的古寺。”

“如今你可去找高丽女人碰碰运气！”乔泰对马荣说道，“然后再去那庙里花上几个小钱，便可赎清罪孽了！”

两名全副武装的守卒打开城门，四人一路进去，穿过热闹的街市，直走到衙院高墙外，又沿墙行至朝南的正门前。

几名守卫正坐在大铜锣下的条凳上，一见狄公，连忙跳下地来郑重行礼，恭候新县令进门后，却彼此交换了一个意味深长的眼色，正好被洪亮看在眼里。

一名衙役引着狄公等人穿过前院，走入对面的公廨内。只见四名衙吏正在挥毫疾书，一个老者从旁督管，留着一副花白的山羊胡，看去面容憔悴。

老者一见狄公，急忙上前恭迎，结结巴巴地自称是唐主簿，目前暂理衙内一应庶务，又焦虑不安地说道：“老爷大驾光临，小人居然未曾提前接到消息，还请恕罪。如今不但连洗尘宴都还不曾预备，而且——”

“我原以为路过省界时，军营已经派出信使先行来过了，”狄公插言道，“定是在哪里出了差错。既然我已到此地，不妨领我看看县衙内外。”

唐主簿先引着众人走入县衙大堂。堂内轩敞阔大，青砖铺地，打扫得十分干净，后方平台上摆着高高的案桌，桌面上铺着光亮耀眼的大红织锦，案桌后挂着一幅褪了色的绛紫帷幕，几乎占去整个墙面，帷幕中央用金线绣有硕大的獬豸图样，正是明察秋毫的象征。

一行人穿过帷幕后面的门扇，又走过一条窄廊，进入二堂内。这里亦是十分整洁，光亮的书案上不见一丝尘土，雪白的墙面新近才粉刷过，靠墙摆着一张长榻，上面铺有华丽的墨绿织锦。狄公匆匆看了一眼隔壁的档房，出门走到二进庭院内，对面便是前厅。唐主簿连连解释说自从查案官离开后，前厅就再未用过，里面的桌椅家什可能摆放得有些凌乱。狄公见他腰背佝偻、举止畏怯，看似张皇不安，不禁有些好奇，开口嘉勉道："看来你将衙院各处都打理得井井有序。"

唐主簿躬身一揖，嗫嚅说道："回老爷，小人在此处当差已有四十年了，刚进衙门时，还是个跑腿的小童。小人一向喜欢事事有条不紊，多年来真是一切顺遂，谁知天有不测风云——"说到此处声音渐低，疾步上前推开了前厅大门。

前厅正中有一张雕花精美的高桌。众人走到桌前，唐主簿将一方县衙大印恭敬地呈给狄公。狄公伸手接过，将其与簿册上的印记对照了一下，方才签收，从此刻起，算是正式主管了蓬莱全县。

狄公手捋长髯，说道："在办理例行庶务之前，理应先勘查王县令被害一案。日后我自会召见本地名流士绅，一切依礼行事。今天除了见过一众衙员外，我还想与城中的四位里长会面。"

"启禀老爷，还有一位，"唐主簿说道，"即高丽坊的里长。”

“他可是我大唐人氏？”狄公问道。

“不是，老爷。”唐主簿答道，“但他讲得一口流利的汉话。”说罢掩口咳嗽几下，又怯声禀道，“还有一事，恐怕老爷听了，会觉得有些出奇。刺史大人曾经准许过东岸的高丽坊自理其务，由里长负责维持秩序，唯有他请求协助时，我们这方的人员才可进去。”

“此事确实出奇。”狄公低语道，“几日之内，我自会详查一番。[1]好，你且去召集所有衙员在大堂里会合，我想去内宅中看看，再稍事休息一二。”

唐主簿面露尴尬之色，犹豫半晌，方才说道：“内宅倒是修葺一新，去年夏天，王县令刚将各处齐齐粉刷了一遍。只是他的家什箱笼等物仍然放在里面，都已捆扎起来。王县令只有一个遗属，便是他的兄弟，但至今尚无消息，小人也不知该将这些东西送

---

1 “日后我自会召见本地名流士绅……我自会详查一番”不见于荷文本。

往何处。王县令鳏居多年，无有家眷，只雇了几个本地人作仆佣，自从他……不幸身亡后，众仆也已悉数散去。”

“如此说来，查案官驾临时，又下榻何处？”狄公惊异地问道。

“回老爷，那位大人就睡在二堂的长榻上，”唐主簿郁郁答道，“衙吏们将一日三餐也送到那里去。凡此种种皆是大悖常规，小人也甚感无奈。我给王县令的胞弟去信后，谁知全无消息，让我……虽说实在不该如此，不过——”

“这倒无妨。”狄公迅速说道，“此案了结之前，我并不打算派人去接家眷来。我可去二堂内更衣，你且带我的几名随从前去各自的吏舍中。”

“回老爷，就在县衙对面，有家上好的客栈，”唐主簿急急说道，“小人与贱内正住在里面，想来老爷的随从也会——”

“这又是大悖常规了，”狄公冷冷说道，“你为何不住在吏舍中？你已在衙门里行走多年，总该懂得这些规矩！”

“回老爷，小人以前确实住在前厅后面的房舍楼上，”唐主簿连忙解释道，“皆因屋顶需要修补，于是才在外头暂住几日，想来也是情有可原——”

“且罢！”狄公说道，“但我仍想让我的三名随从住在衙内，你可将他们安置在三班房中。[1]”

唐主簿深深一揖，与马荣乔泰一齐退下。洪亮跟着狄公走入二堂，服侍老爷换上官服，又沏了一杯热茶。狄公一边用热手巾揩擦脸面，一边问道：“洪亮，你说那老主簿为何会是如此情形？”

“他看似太过谨小慎微，”洪亮答道，“据我猜想，老爷意外驾临，搅得他心神大乱。”

“我倒是觉得，他更像是对县衙中的什么东西怕得要命，”狄公沉思道，“因此才搬去客栈暂住一时。

1　在荷文本中，本句之前还有：“你自可住在客栈里，一直等到屋顶修好。”

罢了，我们以后自会知晓！”

这时唐主簿走来，禀报曰所有人员都已齐集大堂。狄公取下头上的家常便帽，换上乌纱官帽，直朝大堂走去，洪唐二人一路跟随。

狄公在案桌后坐定，示意马荣乔泰立在座椅背后，先说了几句客套开场白，然后由唐主簿将跪在地上的四十人逐一介绍了一遍。只见众衙吏皆是一身整洁的蓝布袍，守卫与衙役穿戴的皮褂铁盔亦是油光锃亮，看去十分端正体面。只是那衙役班头面相凶恶，令狄公心中嫌恶，转念一想，这些班头常是由泼皮无赖充当，亦须时刻有人督管才是。仵作是个姓沈的大夫，看去年高德劭、颇富学识。唐主簿对狄公低声道是此人不但医术高明，而且人品甚佳。

见过众人后，狄公任命洪亮为县衙都头，统管一应例行公务，马荣乔泰督管衙役与守卫，负责演习操练，并主管班房与大牢。

狄公回到二堂，命马荣乔泰去班房与牢房中查看一番，又道："看过之后，你二人须得集合起衙役守卫们操练一回，借机也可观其品性、知其长处，然后再去城里四处走走，瞧一瞧是何情形。我本想与你们同去，奈何今晚非得细论王县令一案，因此不能成行。你们晚间回来后，再向我禀报一二。"

马荣乔泰离去后，唐主簿复又走入，身后还跟着一名手擎烛台的衙吏。狄公命唐主簿与洪亮同坐在书案对面的条凳上。衙吏将烛台放在桌上，然后悄然退下。

"适才我看见花名册上，"狄公对唐主簿说道，"有个名叫范仲的书办未到，他可是生病了？"

唐主簿轻拍一下前额，张皇不安地说道："回老爷，小人本应主动报上此事。我很是替他担忧。本月初一，范仲去了州府[1]度年假，按理说昨日上午便应返回。小人见他没来，便打发了一个衙役跑去城西，

---

1 古代登州设立于唐初，治所初为牟平，后迁至蓬莱，明清时登州府亦治蓬莱。

范仲在那里有个小田庄。结果他家佃农道是范仲与一名仆人昨天到过那里，午时便已离去。此事着实恼人得很。范仲人才出众，是个干练能吏，而且一向勤谨守时。我想不出到底出了何事，他——”

“没准他被老虎吃了。”狄公不耐烦地插话道。

“不不，老爷！”唐主簿惊叫一声，“不会那样！”面色忽然变得煞白，烛光下双目圆睁，显得十分惊恐。

“主簿何必如此紧张！”狄公不觉生出三分恼意，“我也明白王县令突然遇害令你十分心烦意乱，但那已是半月之前的事了，如今你还惧怕什么不成？”

唐主簿揩揩额上的冷汗，低声说道：“还请老爷见谅。六七日前，有人在树林里发现了一个农夫，浑身是伤，喉咙都被撕破了。那一带定是有吃人的野兽出没。小人最近晚上睡得很不安稳，还望老爷——”

“好吧，”狄公说道，“我那两个随从擅长打猎，不日便派他们出去打虎。替我倒杯茶来，然后议论正事。”

唐主簿依命斟上一杯茶水，狄公呷了几口，靠坐在椅背上，说道：“我想听你讲讲，案发时到底是何情形。[1]”

唐主簿揪揪胡须，胆怯地开口叙道：“老爷的前任王县令饱读诗书，气度不凡，端的是个谦谦君子，或许有时略微懒散一些，且对细琐之事颇为不耐，但处理要务一向很是妥当，从没半点疏漏。他年近半百，阅历丰富，且又十分干练。”

“他在此地可有仇家？”狄公问道。

“一个也没有，老爷！”唐主簿说道，“他断案向来机智公正，令百姓十分敬爱，敢说他在全县都受到拥戴，深得民心。”

狄公闻言点头，唐主簿接着叙道：“半月之前，

1　在荷文本中，本句之前还有：“我在京师曾仔细看过有关王县令被害一案的呈文，尤其是刺史与查案官上报的内容。”

早衙即将开堂时，王县令的管家前来公廨，对我道是卧房里不见老爷的人影，书斋也从里面上了锁。我知道王县令经常在书斋里读书直至深夜，想来或是趴在书堆里睡过去了，于是前去叩门，叩了半日，里面全无响动。我怕他或许是中风发作，忙叫来班头破门而入。”

唐主簿喉头一咽，嘴唇抽搐几下，半晌后才又接着说道：“只见王县令躺在茶炉前的地上，两眼无神，直直瞪着天花板，右手伸开，一只茶杯掉在旁边的席子上。我上前一摸，浑身已是冰凉僵硬，于是赶紧叫来仵作。仵作查验过后，推断说王县令应是死于午夜前后，然后他从茶壶里取了些许茶水，并且——”

“茶壶放在何处？”狄公插话问道。

“回老爷，放在左边墙角的橱柜上。”唐主簿答道，“旁边就是用来烧水的铜茶炉。茶壶里几乎还是满的。沈大夫将茶水喂与一条狗，那狗立时便死了。他又将茶烧热，用鼻嗅鉴定出了是何种毒药。不过茶炉上锅子里的水都已烧干，因此无法确定是否有毒。”

“平常是谁送来烹茶的水？”狄公问道。

“正是王县令自己。”唐主簿应声答道，见狄公扬起两道浓眉，忙又解释道，“回老爷，王县令对烹茶之道十分热衷，对种种细处很是精心在意。他一向执意亲自从花园的井里打水，然后亲自在书斋内的茶炉上煮滚烧开。他的茶壶、茶杯和茶罐都是名贵的古董，平日锁在茶炉下面的橱柜里。仵作依我所言，也查验过罐子里的茶叶，却都是好好的。”

“那你后来又如何行事？”狄公问道。

“小人立即派一特使赶去州府，上报刺史大人，将尸身暂时收厝起来，停放在内宅大厅里，然后封起书斋。第三天，大理寺的查案官便从京城驾临，先命军塞统领拨出六名兵士来，作为机密行员供他差遣，然后开始清查，逐个审问了所有仆从，还——”

“这些我已尽知。”狄公不耐烦地说道，“我看过他的呈文，显然没人能在那茶水里做下手脚，并且王县令进入书斋歇息后，也无人再进去过。查案官究竟是几时离开此地的？”

“第四天的早上，”唐主簿慢慢说道，“查案官将我召去，吩咐将棺木移至东门外的白云寺内，等待死者的胞弟定下安葬地点再说，然后将众兵士遣回军营，告知我说他即将携了王县令的所有私人文书回京去。”说罢神色颇显不安，焦虑地望了狄公一眼，“至于他为何突然离去，想来已对老爷讲过其中缘由？”

“据他说来，”狄公随口搪塞道，“案子查到如此地步，应由新任县令继续办理更为合宜。”

唐主簿看似松了一口气，又问道：“那位大人是否贵体康健？”

“他已去往南方另有公干。”狄公说着站起身来，“此刻我要去书斋里瞧瞧。我走之后，你可与洪都头一起商议明日早衙需要处理的公事。”说罢擎起一盏烛台，走出门去。

穿过前厅后面的小花园，便是内宅大门，此时正半开半闭。云过雨歇，雾气仍弥漫在绿树与花床之间。狄公推开门扇，走入空荡荡的宅内。

狄公先前已看过附在呈文中的县衙全图，得知书斋就在穿廊尽头，于是先要设法寻到穿廊，倒是没费吹灰之力。顺着穿廊行走时，却见旁边有两条过道，只是烛光微弱，看不清究竟通往何处。狄公忽然止住脚步，只见烛光中赫然出现一个瘦高男子，刚从正前方的过道里走出，几乎不曾撞个满怀。

那人静立在地，直直盯着狄公，一双眸子古怪而空洞，相貌倒甚是端正，只可惜左颊上生了一块铜钱大小的胎记，不免有些破相，灰白的头发梳成顶髻，未戴冠帽。狄公看在眼里，不禁十分惊异，又依稀瞧见对方身穿一件家常灰袍，腰系黑绦，正欲开口相询时，那人却无声无息地朝黑暗中退去。

狄公急忙举起蜡烛，不想动作太猛，致使烛火熄灭，周遭立时一团漆黑。

“你是何人？给我过来！”狄公大声叫道，却只有回音作为应答，又静待片刻，空宅内唯有一片死寂。

“岂有此理！”狄公低声怒道，一路摸着院墙回到花园中，又快步走入二堂。

唐主簿正拿着一大沓文书，指给洪亮细看。

“有一事我想传话下去，务必使得人人记住，”狄公对唐主簿怒道，“严禁任何人在衙内走动时衣冠不整，即便是晚间或公事结束后也不得如此。方才我撞见了一个身穿便服之人，头上居然不戴帽子！我朝他问话，他也是不答一言，实在无礼至极！去把那人叫来，我非得狠狠训斥他一顿不可！”

唐主簿听罢，浑身不住颤抖，两眼紧盯着狄公，露出惊骇又卑屈的神色。狄公见此情状，忽觉心中不忍，毕竟此老已是尽心尽力了，于是稍稍和缓说道：“罢了，如此疏忽在所难免。那人究竟是谁？或许是个吏夫？”

唐主簿惊恐地望着狄公身后洞开的房门，勉强说道："他……他可是穿着一件灰袍？"

"不错。"

"左颊上有一块胎记？"

"正是。"狄公答道，"休得如此惊惶！快说，那人到底是谁？"

唐主簿垂下头去，有气无力地答道："回老爷，就是死去的王县令。"

忽听庭院内"哐啷"一声巨响，不知何处有一扇门砰然关闭。

第四回

书斋内证物剩无几
茶炉中玄机未分明

“这是哪里的门户乱响？”狄公怒喝道。

“回老爷，想来应是内宅大门，”唐主簿支吾答道，“没法完全关紧。”

“明天便叫人来修理一番！”狄公冲口命道，在原地默立良久，面色铁青，一边轻捻颊须，一边回想着那鬼魂古怪而空洞的凝视，以及如何无声无息地蓦然消失。

狄公走回桌旁坐下。洪亮一言不发盯着老爷，面露惊惧，两眼瞪得老大。

狄公心神略定，对着面如死灰的唐主簿审视半晌[1]，开口问道：“你也曾亲眼见过那鬼魂？”

唐主簿点头答道：“回老爷，三天之前，就在这二堂中。晚上我来取一份文书，看见他就背对着我，站在书案旁。”

“后来怎样？”狄公屏息问道。

“我大叫一声，失手将蜡烛掉在地上，赶紧跑出去叫守卫。等我们赶回来时，屋里已是空空如也。”唐主簿抬手遮住两眼，接着又道，“他的装束和那天早上我们看见的一模一样，也是身穿家常灰袍，腰系黑绦，只是出事时帽子掉在旁边，人倒在地上，已是……一命归阴了。”

唐主簿见狄公与洪亮不发一语，便又说道：“回老爷，小人敢说查案官一定也见过那鬼魂！正是因此，临走那天早上，他看去气色很差，并且走得十分匆忙。”

狄公揪一揪长髯，半晌过后，肃然说道：“断然否认鬼神等物的存在，定非明智之举。孔夫子当年授徒时，有人问起鬼物，他的态度便十分含糊不明，这

---

1 “对着面如死灰的唐主簿审视半晌”不见于荷文本。

一点必须铭记在心。不过，我仍想找到一种合乎情理的解释。”

洪亮缓缓摇头，说道：“老爷，此事再无他解，只可能是王县令身死后，由于凶手尚未伏法而不肯安息。他的尸身正停放在佛寺内，据说只要还未曾十分腐烂，便很容易向周围的生人显形。”

狄公霍然起身，说道：“我定会认真考虑此事。但是如今我要再去一趟内宅，进书斋查看一番。”

“没准老爷又会撞上鬼怪，万万不能冒此风险！”洪亮骇然叫道。

“为何不能？”狄公反问道，“死者的目的是要报仇雪恨，他定会知道我亦有此愿，又何必要加害于我呢？洪都头，等你办完这边的事务，可到书斋里来会我，如果愿意，还可带上两名守卫，再提着灯笼同来。”说罢不顾洪唐二人的劝阻，出门离开二堂。

狄公先去公廨内取了一盏油纸大灯笼，重又返回无人的内宅中，走入鬼魂消失的那条过道。过道两边各有门户，狄公推开右手边的一扇，只见屋内十分宽敞，地上胡乱堆放着捆扎好的包裹箱笼。狄公将灯笼放在地上，到处摩挲查看了一番，忽见墙角处有个奇形怪状的黑影，不觉猛吃一惊，随即想到这不过是自己的影子罢了。屋内除了王县令的私人物品之外，再无其他。

狄公摇一摇头，又走到对面的房舍中，发现除了几件用草席裹起的家具外，亦是空空如也。

过道尽头有一扇大门，上锁加闩关得紧紧。狄公看罢后折回穿廊，心中思前想后。

穿廊走到尽头，便是书斋的大门，门板上刻有精美的云龙纹样，可惜被衙役破门而入时撞坏了一片，草草钉了几块木条，看去颇损美观。

狄公撕下盖有县衙大印的封条，推开门扇，高高举起灯笼环视左右。书斋呈四方形，地方并不算大，其中陈设虽然简单，却十分雅致。左手边有一扇高高的窄窗，窗前摆着一口厚重的乌檀木橱柜，柜上放着一只硕大的铜茶炉，茶炉上架着一只烧水用的镴制圆形平底锅，茶炉旁还有一只小巧精致的青花瓷壶。其余墙面皆被书架遮住，对面亦是整整一排书架。后墙上有一扇位置较低的阔窗，窗纸十分洁净。窗前摆着一张古旧的紫檀木书案，两端各有三个抽斗，还有一把舒适的紫檀木扶手椅，上面设有红缎软垫。书案上只有两支烛台，别无他物。

狄公走入房中，细看橱柜与书案之间的苇席，上面果然有些深色污迹，想来定是王县令中毒倒地后，茶水从杯中溅出而留下的印记。他多半是先将水置于茶炉上，然后坐在书案旁，听见水已煮滚，便走到炉前倒水入壶，给自己斟满一杯，站在地上只呷了一口，药性便立即发作了。

橱柜上拴着一把样式精美的挂锁，锁孔里插有钥匙。狄公上前打开柜门，只见里面分为上下两层，摆着精美的上等茶具，不由心中赞叹。柜内不见一丝尘土，足见查案官及其随从当日已彻底清查过。

狄公又走到书案前，见抽斗皆是空的，心想查案官必是在此处发现了那些私信，不禁长叹一声。自己没能在案发后立即前来查看，实为一大憾事。

狄公转到书架前，信手在书册上一抹，发现积了厚厚一层尘土，不由得咧嘴一笑，显然这里未被动过，很值得勘查一番，又见架上堆得满满，于是打算等洪亮来了再一道细看。

狄公将座椅就地一转，面朝大门坐下，两手笼在袖中，心中寻思凶手会是何等人物。杀害朝廷命官是谋反叛国的重罪，依律将被处以极刑，比如凌迟或俱五刑，凶手甘冒如此风险，必是有着非同小可的理由。他又如何能在茶中投毒？既然仵作已经查验过未用的茶叶，证明皆是无毒，所以只能是锅中的茶水有异。或许凶手曾送给王县令一小包有毒的茶叶，仅供冲泡一次之用，这是狄公所能想到的唯一解释。

想起方才撞见的游魂，狄公又叹息一声。这还是生平头一次亲眼看见鬼魅之物，至今仍是难以置

入书斋狄公寻踪迹

信。虽说可能有人搞恶作剧，但是查案官和唐主簿也都见过，再说谁又敢冒险在县衙里装神弄鬼呢？并且所为何来？想来想去，大概真是王县令的鬼魂显灵了。狄公头枕椅背，阖上两眼，脑中尽力回想，从那鬼魂的面上，是否透露出什么有助于办案的提示呢？

狄公蓦地睁开双眼，只见书斋内仍是一片空寂，又静坐半晌，目光扫过朱漆屋顶和粗重的横梁时，留意到茶炉上方有一块地方漆皮变色，橱柜旁边的墙角处也挂着几片蒙尘的蛛网。对于室内整洁，王县令显然没有唐主簿那般苛求。

这时洪亮走入，身后跟着两名手擎烛台的守卫。狄公命二人将烛台放在案上，然后退下。

“洪亮，这里唯一留给我们可供查验的东西，就是架上的书册。”狄公说道，“虽然数目不少，但是你若给我一摞摞搬来，待我看罢再拿走的话，也用不了太多工夫。”

洪亮欣然点头，从最近的书架上取下一叠书来，又用袍袖拂去书上的尘土。狄公将座椅转回，面对书案坐下，埋头翻看起来。

过了一个多时辰，狄公查完了所有书册，靠着椅背抽出袖中的折扇，用力扇了几下，满意地笑道："洪亮，对于王县令其人，我已心中有数。我刚才看过了他自撰的诗集，虽然风格细腻精致，内容却空洞无物，绝大多数都是题献给青楼女子的情诗，或是京城里的名妓，或是他从前历任县令时在当地遇到的烟花粉头。"

"回老爷，唐主簿方才隐约提到，王县令有时未免德行不谨，"洪亮说道，"甚至时常邀请妓女入宅，还在此处留宿过夜哩。"

狄公点头说道："你方才递给我的那个锦匣，里面装的全是春宫图。架上有些关于各地酿酒法与烹饪术的书籍。有一整套精心收藏的前朝名家诗集，边角卷折，几乎每页都写着评注，佛教与道教经书也是同样翻得稀烂，不过全部儒家典籍却都是簇新的！此外还有关于术学工艺的书册，医学与炼丹术的宝典，甚至还有记述谜语和机巧的古书，实属罕见。至于治国方略、政事管理，或者史书、算学，却是未见一册。”

狄公将座椅一转，又道，“据我推断，王县令喜好诗文，颇有爱美之心，也乐于钻研各种神秘莫测之物，同时又耽于享乐，对于醇酒妇人之类的俗世欢娱不能忘情——此类人物倒也并不少见。他不求仕进，乐得远离京城，在偏远地方做个逍遥自在的小小县令，正是因此，他从不希求升迁，蓬莱已是他身为县令的第九处任所了！但他生性聪敏好学，否则不会喜爱谜语和机巧之术，且又为官多年、阅历丰富，尽管并未十分致力于公务，但仍是颇得民心。他不愿有家室之累，当正室与二房夫人亡故后，从此未再续娶，而是满足于和名妓倡女们结下的露水情缘。他为自己书斋的题名，恰是对自家性情的绝妙总结。”说罢举起扇子朝门上一指。

洪亮一望之下，忍俊不禁。只见门上悬着一块匾额，上书“漂蓬庵”三个大字。

“不过，我却发现了一样极其格格不入的东西。”狄公说着，轻拍一下挑出的一本簿册，“洪亮，你是在哪里找到的？”

“就在书架下层的卷册背后。”洪亮伸手一指。

“在这本簿册中，”狄公说道，“王县令亲手记下了一长串数字和日期，还有几页复杂精细的计算，却并无一句说明。我看他绝非乐于计数之人，如有此类事务，想是统统留给唐主簿和其他书办去料理，可是如此？”

洪亮连连点头，答道：“刚刚听唐主簿说过，正是如此。”

狄公翻翻簿册，摇头沉思道：“王县令在此花了许多时间和精力，就连细小的错误也都一一仔细订正过了。唯一的线索就是日期，最早在两月之前。”

狄公站起身来，将簿册纳入袖中，“等我得闲时，无论如何要好好研究一番，虽然并不一定就与王县令被害有关，但是反常之举总是值得格外注意。我们总算对死者有了不少了解，恰如刑侦典籍上所说，这正是追查凶手的第一步！”

第五回

巧遇故旧盛情款待
夜行河边异象忽生

THE

CHINESE

GOLD

MURDERS

再说马荣乔泰。二人离开县衙后，马荣说道："你我先去找个地方填饱肚皮。操练这起懒汉，累得我饥肠辘辘！"

"而且还口干舌燥！"乔泰附和道。

二人行至县衙西南角处，看见头一家小饭铺，便径直走入。这饭铺的名头倒是颇为响亮，叫作"九华庄"，里面人声鼎沸，甚是热闹，二人好不容易才在后面的柜台边找到一张空桌。一个独臂人正站在台内，翻搅着一大锅面条。

马荣乔泰朝四下一望，只见座中食客多是小商小贩，抓紧吃完后急着回去招呼晚间的顾客，狼吞虎咽地嚼着面条，唯有彼此传递酒壶时才略停一下。

一个送面的伙计手举托盘匆忙经过，乔泰一把拽住他的衣袖，说道："来四碗面！再来两大壶酒！"

"过后再说！"伙计喝道，"没见我正忙着哩！"

乔泰连声咒骂，骂得十分新鲜出奇。独臂人闻听此言，抬头仔细打量几眼，放下长柄竹杓走到近前，汗津津的脸上绽出笑容，大声说道："想当年只听过一个人会这么骂人！什么风把长官吹到这里来了？"

"别提什么长官。"乔泰狠狠说道，"北征时我遇上麻烦，从此便弃了军职，又改名换姓[1]，如今自称乔泰。能不能给我们弄点吃的来？"

"稍等片刻，长官。"那人兴冲冲答应一声，一头扎进厨房，旋即便又转回，后面跟着一个手举托盘的胖妇人，盘内有两大壶酒，还有满满一碟咸鱼菜蔬。

"这还不错！"乔泰满意地说道，"当兵的，你也坐下，这会子先让你那婆娘做活去！"

独臂掌柜拉过一条板凳坐下，换了老板娘站在柜

---

1 在1959年英文初版中，此处有一原注：见《迷宫案》第二十一回。

台后面。马荣乔泰一边吃喝，一边听掌柜自述家事。他原在蓬莱土生土长，后来加入了远征高丽的军队，从军中被遣散后，便用所有积蓄买下了这家饭馆，生意做得颇为不坏，说罢盯着二人身上的褐袍，低声问道：“你们为何要在县衙中当差？”

“与你煮面是一个道理，”乔泰答道，“不过为了糊口而已。”

掌柜左右顾视一下，又悄声说道：“县衙里正有怪事发生！半月前县令被人掐死，尸身也被砍成碎块，莫非你们不曾听说过？”

“我听说他是被毒死的！”马荣说罢，举杯一饮而尽。

“那是他们的说法！”掌柜说道，“县令丧命后，只留下了一堆碎尸！听我一句，那里的人都不是什么好东西。”

“如今的县令可是个大好人。”乔泰说道。

“我不知道他到底怎样，”掌柜固执地说道，“不过那姓唐的和姓范的，都不是什么好鸟。”

“那老头子有什么不对的地方？”乔泰惊问道，“我看他连个苍蝇都不舍得拍死哩。”

“少理他那一套！”掌柜幽幽说道，“他不但……异于常人[1]，还有些很不对头的地方。”

“什么地方不对头？”马荣问道。

“实话告诉你们，此地表面上看起来平安无事，实则并非如此。”掌柜说道，“我是个本地人，当然深知底里！从古时候起，这里就总出些怪人，以前听老爹讲过不少——”说着声音渐低，连连摇头，将乔泰推过来的一杯酒一口喝干。

马荣耸耸肩头，说道：“我们自会查出实情，其中也不无乐趣。至于你说的姓范的家伙，我们怕是得为他劳神一二。刚才听守卫道是此人似乎失踪不见了。”

1　在荷文本中，此处还有“那些衙役守卫倒不在意这些，他们躲着他另有缘故”。

“但愿他从此不见了才好！”掌柜愤愤说道，“那恶棍向来不拘什么人都要敲诈一通，比衙役班头还要贪心。更有甚者，他还从不放过女人。生得倒是相貌堂堂，心地却够歹毒，天知道到底做过多少坏事！他和老唐穿一条裤子，老唐总是千方百计护着他。”

“且罢，老范的好日子算是到此为止，”乔泰插话说道，“从今往后，他得在我二人手下做事。他一定收过不少贿赂，听说在城西还有个小田庄。”

“那是去年一个远亲死后留给他的。”掌柜说道，“田庄倒是稀松平常，地方不大，且又偏僻，靠近荒废的破庙。对了，如果他就是在那里失踪的话，定是被他们给降住了。”

“你就不能说得明白点儿？”马荣不耐烦地叫道，“谁是‘他们’？”

掌柜冲一名伙计吆喝一声，等那人送上两大碗面条后，才又轻声说道：“老范田庄的西边，就在乡间小路和官道的交口处，建有一座古庙。九年前，曾有四个和尚住在庙里，都是城东门外白云寺的人。一天早上，有人发现这四个和尚齐齐死去，喉咙全被切开了！后来再没人住，那庙便荒废至今，但那四人的鬼魂仍在里面游荡，曾有农夫看见夜里有灯火闪烁，人人都对那地方避之唯恐不及。就在几天前，我一个表兄晚上走过时，分明看见了一个没头的和尚，在月亮底下走来走去，脑袋正夹在胳膊底下哩。”

“老天！”乔泰叫道，“别讲这些吓人的事了！听得我汗毛直竖，如何吃得下去！”

马荣哈哈大笑。二人开始大吃面条，吃罢最后一根，乔泰起身在袖中摸索，掌柜却按住他的胳膊，说道：“长官千万不要这样！这小店里里外外全是你的。当初多亏了你，不然那些高丽骑兵早就——”

“好吧！”乔泰断然说道，“多谢你一番好意，但是要想我们再来的话，下次定得付你现钱不可！”说罢不顾掌柜一力反对，拍拍他的肩头，与马荣出门而去。

二人走到街中，乔泰对马荣说道：“兄弟，你我已是酒足饭饱，总得做些公事！且去城里瞧瞧如何？”

马荣看着四周的浓雾，搔搔头皮答道：“想来这得全凭跑腿了！”

沿街的店铺门前亮着灯笼，尽管雾气浓重，街中仍是熙熙攘攘。二人一路走去，随意看看本地出产的货物，偶尔上前问问价钱，不觉行至关帝庙前，便走进门去，买了几炷佛香点燃供上，以告慰阵亡将士们的在天之灵。

二人朝南而行时，马荣开口问道：“我大唐军队为何总要在边境上与胡人开战？为何不能让那些蛮夷自生自灭去？”

“兄弟你对政事真是一窍不通，”乔泰傲然答道，“我们理应拯拔他们脱出蒙昧，并接受我朝教化！”

“说来那些突厥人倒也明些事理。”马荣说道，“他们并不强求本族女子出嫁时必须是处子之身，你可知道是何缘故？那是因为他们明白突厥女子从小常常骑马！不过千万别让我们汉人姑娘知道这些事！”

“休得啰嗦！”乔泰怒道，“我们已经迷路了！”

二人驻足张望，周围似是宅院相连，石板铺成的路面十分平整，两边隐约可见高高的院墙，浓雾隔绝了所有声响，周遭一片寂静。

“前面是不是有座桥？”马荣说道，“那一定是横穿城南的运河了。要是顺着河岸朝东走，迟早能走回街市中去。”

二人穿桥而过，沿着水边朝前走去。

突然，马荣拽住乔泰的胳膊，默不作声抬手指向对岸，浓雾中一片迷蒙。

乔泰定睛细看，只见几个人肩扛一乘小敞轿，正在月光下行走，隐约看见一个光头男子盘腿坐在轿中，两臂交叉抱在胸前，似是裹着一身白衣。

“那怪人是谁？”乔泰惊问道。

“天知道。”马荣低声咕哝道，“你瞧，他们停下来了。”

这时一阵清风吹来，雾气稍稍散开，二人看见那伙人将小轿放下，站在后面的两名大汉忽然手举大棒，朝轿中人的头上肩上砸去。雾气重又变得浓重，只听见“哗啦”一声水响。

马荣骂一声娘，对乔泰叫道：“快过桥去！”

二人转身顺着河岸飞跑，但是地面湿滑，且又看不分明，花了不少工夫才回到桥边，急匆匆穿桥而过，奔到对岸后，放慢脚步小心向前，周围却是一片寂静。二人在出事的地方左右逡巡时，马荣忽然蹲身下去，用手摩挲着地面，说道：“这里有些印子很深，那倒霉鬼一定就是在此处被推下河去的。”

浓雾略略消散，只见前方数尺开外有一摊泥水。马荣脱下身上的衣物交与乔泰，又踢掉两只皮靴，蹚入河中，水深刚及小腹。

“好一股臭气！”马荣怒道，“不过没见有什么尸体。”又在水中摸索半晌，方才走回岸上，脚底沾了厚厚一层淤积在河底的污泥，不禁嫌恶地说道，“不中用，我们一定是弄错了地方。这里除了几块泥巴和废纸之外，再无其他，真是腌臜透顶！赶紧拉我上去。”

就在此时，天上落起雨点来。

“早不下晚不下，偏偏这个时候下！”乔泰咒骂一声，转头看见身后有一家宅院后门的门廊，黑洞洞冷清清的，急忙抱着马荣的衣物皮靴跑去暂避。马荣站在雨地里，等浑身上下都被雨水冲干净了，才走到门廊下，用项巾擦干全身。等到雨停之后，二人重又朝东走去，雾气渐渐稀薄，可以看见左手边是一排高大院墙。

“我们办事不力，兄弟。”乔泰颇为失悔，“换了有经验的官差，定能逮住那伙歹人。”

“再有经验的官差也不能飞过河去吧！”马荣悻悻说道，“那个白衣人看去实在古怪。刚刚听你那独臂朋友讲了几个好故事，谁知转脸就遭遇上了。不如我们去找个地方喝上一杯。”

二人一路走去，终于看见一盏彩灯在雾中闪烁，却是一家大饭馆的侧门，于是绕到正门前进去。楼下的前厅富丽堂皇，一名伙计见二人浑身湿漉，不禁怀疑地上下打量几眼，马荣乔泰报以怒视，随后顺阶而上，推开雕花精美的双扇门，眼前一间阔大的厅堂，里面人声鼎沸。

第六回

醉相公吟诗对明月

新官差遇妓在花船

THE CHINESE GOLD MURDERS

马荣乔泰朝四下打量，见众宾各自围坐在云石镶面的酒桌旁，个个衣履鲜洁、仪态庄重，心知此处必定花销甚巨，想是负担不起。

“我们不如另找个去处。”马荣低声咕哝一句，转身欲走。有个瘦削男子独坐在门边的一张桌旁，此时起身哑声说道：“二位朋友，过来与我同坐一刻如何？独自一人喝闷酒，总是令我心中不快。”

只见那人两眼潮湿，一对眉毛高高弓起，似乎总是面带疑色；身着一件昂贵的深蓝丝袍，头戴一顶黑丝绒帽，衣服领口处却有几片污迹，几绺乱发从帽檐下滑脱出来，面上看去略显浮肿，鼻梁细长，鼻尖红得发亮。

“既然他主动开口相邀，我们不妨与他稍坐片刻。”乔泰说道，“我可不想被楼下那小子以为是被人踢出去的！”[1]

于是二人在对面坐下，那男子立时又要了两大壶酒。

“敢问这位相公作何营生？”马荣待伙计走后，开口问道。

“在下名叫白凯，乃是船业主易本的管事。”瘦削男子说罢，举杯一饮而尽，又得意地说道，“不过，我还是个颇有名气的诗人哩。”

“你既然出了酒钱，我们也就不计较这许多了。”马荣慨然答道，仰头举起酒壶，将半壶酒水慢慢倒入口中，乔泰也依样而行。

白凯饶有兴致地从旁观望半日，大声赞道：“好生利落！此店品级甚高，按理说须得用杯子饮酒，不过二位的喝法却是简单别致。”

---

1 “我可不想……被人踢出去的”不见于荷文本。

“只有在想要放开肚皮大喝一回时，我二人才会如此。”马荣揩揩嘴角，满意地长吁一口气。

白凯自行斟满一杯，又道[1]：“讲些趣事给我听听！你们在道上讨生活的人，一定经过不少风浪。”

“在道上讨生活？”马荣愤愤叫道，“你这厮说话最好小心点，我二人是在县衙里做公的！”

白凯眉头一扬，双眉看去愈发高耸，对伙计叫道：“再来一壶酒，要最大的！”接着又道，“罢罢，听说新任县令今日刚刚驾临，二位定是他的亲随干办了，不过想必还当差不久，只因还没显出小官差们那副洋洋自得的神气来。”

“你可认得以前的县令？”乔泰问道，“听说他也会做几首诗。”

“却是不曾。”白凯答道，“我刚到此地不久。”忽然放下酒杯，欣然说道：“这最后一句总算有了！”

---

1 “白凯自行斟满一杯，又道”不见于荷文本。

又庄容望向马荣乔泰："我已想出了一首咏月的好诗，念给二位听听如何？"

"免了免了！"马荣骇然叫道。

"要不就吟诵一番？"白凯仍不死心，"我有一副好嗓子，在座的其他宾客听了，也会大为赞赏哩。"

"罢了罢了！"马荣乔泰一齐叫道。乔泰见白凯一脸委屈相，接着又道："我二人只是从不喜欢这些劳什子诗文。"

"可惜可惜！"白凯说道，"或许你二人一心信佛？"

"这厮是想存心找茬还是怎的？"马荣对乔泰说道。

"他已是喝醉了。"乔泰满不在意地答道，又对白凯说道，"别跟我说你就信佛。"

"我正是虔心向佛之人，"白凯愣愣答道，"还常去白云寺走动，庙中住持真是一位高僧，首座慧本讲经也十分精彩。有一天——"

“你且听着，”乔泰插话说道，“我们能不能再喝一杯？”

白凯朝乔泰投去责怪的一瞥，起身长叹一声，无奈地说道：“那就出去喝一壶花酒吧。”

“如今你又会说人话了！”马荣兴冲冲地嚷道，“你可知道什么好去处？”

“马儿焉有不识槽的？”白凯嗤笑一声，随即付了酒钱，三人一径出门。

外头依然飘着雾气，白凯引路走到饭馆背后，在岸边抬手打个唿哨，只见一条挂着灯笼的驳船从雾中浮现出来。

白凯上了驳船，对那艄公说道：“摇去大船上。”

“喂喂！”马荣叫道，“你不是说过要找姑娘喝花酒的？”

“正是，正是！”白凯欣然答道，“只管上来。”又对艄公嘱道，“抄近道过去，这二位相公心急得很哩。”

白凯屈身伏在低矮的船篷内，马荣乔泰也从旁蹲下。小船在雾中穿行，只闻得木桨击水之声。半晌过后，桨声忽止，艄公灭了船头的灯火，小船顺势滑出一段后，终于无声无息地停在水中。

马荣伸出大手，重重按住白凯的肩头，浑似不经意地说道："要是给我们下套，非得拧断你的脖子不可。"

"休要胡扯！"白凯怒道。

只听铁链"当啷"一声，小船又朝前行去。

"我们刚从城东的水门下经过，"白凯说道，"有几处地方的格栅已经松脱，还请二位勿要告知你家县令老爷！"

过不多时，一排黑漆漆的大船出现在众人眼前。

"照例去那第二只。"白凯对艄公命道。

小船靠上大船的跳板。白凯给了艄公几文铜板，头一个登上船舷，马荣乔泰紧跟其后。甲板上凌乱地摆着几张桌椅板凳，白凯在其间左转右转，一直走到舱房外，上前抬手叩门。

一个胖妇人迎出来，身着玄缎长裙，满脸堆笑，露出一排黑黑的牙齿，开口说道："白相公大驾光临，还请下到这边来。"

三人走下一道陡梯，进入一间宽敞的舱房内。屋梁上悬着两盏彩灯，发出暗淡的光亮，一张大桌占去了大半地方。三人在桌旁坐下，胖妇人一拍手，出来一个矮胖男子，生得面相粗陋，手里端着酒壶。

那龟公正倒酒时，白凯对胖妇人问道："我的同行好友金桑在哪里？"

"他还没来。"胖妇人答道，"不过保管白相公不会无聊败兴便是。"说罢使个眼色，龟公随即打开后门，只见四个衣衫轻飘的姑娘鱼贯而入。

白凯见状大喜，一手拉住一女，让她们坐在自己左右两边，叫道："这两个姑娘就归我了！"又转脸对马荣乔泰说道，"并非如你们所想的那般，只是为了有人侍候，让我的杯中美酒不断。"

马荣见一个姑娘身材丰满，圆圆的脸上一团喜气，便示意她过来坐下，乔泰则与那最末一个搭讪。只见这姑娘生得格外俊俏，却似是心绪不佳，问一声答一声，芳名叫作玉素，虽是高丽人，却说得一口流利的汉话。

“贵国风景很美，”乔泰揽着玉素的纤腰，开口说道，“我曾在那里打过仗。”

玉素一把推开乔泰，又轻蔑地瞥他一眼。乔泰自悔失言，连忙又道：“你们高丽人打仗十分勇猛，并且使尽了气力，不过仍是寡不敌众。”

玉素听罢，愈发不加理会。

“你这蹄子，难道不会说笑一二？”[1]胖妇人斥骂道。

“别来烦我。”玉素不紧不慢地说道，“这位客官又没开口埋怨。”

1　在荷文本中，此处还有“胖妇人两眼紧盯着四下诸人”。

胖妇人站起身来，抬手意欲掌掴，口中怒骂道："你这小淫妇，我来教教你什么是礼数！"

乔泰一把将妇人推开，叫道："把你的手拿开，别碰她！"

"我们且去甲板上吧！"白凯叫道，"敢说月亮已经出来了！金桑很快也会赶来。"

"我想留在这里。"玉素对乔泰说道。

"随你喜欢。"乔泰说罢，跟随众人上了甲板。

一轮明月照耀着沿城墙停泊的一排驳船，暗黑的溪水那边，隐约可见对面的水岸。

马荣坐在一条矮凳上，将那个身材丰满的姑娘拥在膝头。白凯却将他的两个姑娘推给乔泰，说道："别让她们扫了兴。此刻我心中另有高致。"

只见白凯背着两手立在船上，抬头仰望明月，似是心醉神迷，忽然说道："既然你们一力固请，那我就来吟诵一首新诗。"说罢伸直细瘦的脖颈，口中发出尖锐悠长的声音：

放歌起舞，须得此友。

乐时助兴，哀时销忧。

月兮如银——

白凯吟了几句，停下稍歇，忽然俯首聆听片刻，瞥了马荣乔泰一眼，怒道："好像听见有什么悲苦之声！"

"我也听见了！"马荣嚷道，"老天，别弄出那般难听的响动来！没见我正与这姑娘说正经话么？"

"我是说从下面传来的声音。"白凯执拗说道，"想是你那朋友的相好，正在受着小小的教训哩。"说罢住口不语。

这时众人果然听见底下有打骂声和呻吟声。乔泰一跃而起，奔下船舱，马荣紧紧跟在后面。

只见玉素赤条条横躺在桌上，一名龟公抓住她的两手，另一个按住两腿，胖妇人手持藤条，正朝她身上抽打。

乔泰见状，一拳猛打在头一个龟公的下颌上，那人立时跌倒在地。另一个见势不妙，放开玉素的两腿，从腰间抽出一把匕首来。乔泰跃过桌面，推得胖妇人后背正撞在墙上，又抓住持刀者的手腕用力一拧，那人痛得大叫一声朝后退去，匕首“当啷”一声掉在地上。玉素翻了个身，拼命撕扯着被人塞在口中的破布条，乔泰扶她坐起，又将破布全都掏了出来。龟公弯腰正想去捡那匕首，马荣抬起一脚踹在他的肋间，于是那人复又抱着肚子缩进墙角里去。玉素一阵剧烈作呕，到底还是吐了出来。

“一家子好不热闹！”白凯在上面大声喝彩。

胖妇人见龟公从地上爬起，喘着粗气叫道：“去隔壁船上叫人！”

“只管把人都叫来！”马荣兴起喝道，同时折下一条椅子腿，权作棍棒之用。

“慢着，慢着！”白凯叫道，“太太最好小心些，这二位可是衙门里的差爷！”

胖妇人一听，立时面色煞白，连忙示意龟公回来，又跪在乔泰面前哭诉道：“求老爷开恩！小妇人只想教那妮子如何服侍老爷！”

“我明明跟你说过，别用脏手碰她！”乔泰怒道，解下项巾递给玉素，好让她揩净脸面。玉素起身站在一旁，浑身兀自抖个不住。

“老兄且去安抚她一二。”马荣说道，“我去把那个拿刀的家伙拽起来。”

玉素捡起自己的衣裙，朝后门走去，乔泰跟在后面。二人穿过一条窄窄的过道，两旁皆是门户。玉素推开一扇门，示意乔泰进去，自己也随即走入。

这舱房十分狭小，舷窗下摆着一张床榻，另有一张小梳妆台，前面一只旧竹凳，靠墙处放着一只大红皮箱，乔泰走过去坐在衣箱上等候。

玉素默默不语，将衣裙撂在榻上。乔泰讪讪地开口说道：“真是对不住姑娘，都是我的不是。”

“没什么要紧。”玉素漠然答道，俯身从窗台上取过一个小圆盒。乔泰无法将视线从她丰满圆润的胴体上移开，不由怒道：“还是穿上衣服的好。”

“这里实在太热。”玉素闷声说罢，打开盒子取出油膏，涂抹在后腰的伤处，[1]忽又开口说道，“你瞧，你赶到的正是时候！皮肉倒还没破。”

“你就不能行行好，先把衣服穿上？”乔泰嘶哑说道。

“我还以为你想知道伤得如何呢，”玉素淡淡说道，“方才明明是你自己说的，都是你的不是！”说罢将衣裙叠起放在小凳上，然后小心坐下，开始梳理秀发。

乔泰眼看着玉素纤细柔滑的后背，恼怒地提醒自己若是立时上去亲热一番的话，未免太不体贴人意，却又从镜中瞧见她丰满的双乳，不禁喉头一咽，近乎哀求地说道：“别这副模样！你这镜里镜外的形容，

---

1 “打开盒子……后腰的伤处”不见于荷文本。

随便哪个男人见了都抵挡不住。”

玉素回头惊讶地瞥了乔泰一眼，耸耸圆润的肩头，起身坐在乔泰对面的床边，漫不经意地问道：“你当真是衙门里的官差？来这里的人常常不说实话。”

乔泰见她转了话题，心中暗自感激，从靴筒里抽出一份公文递上。玉素先将两手在头发上揩了几下，然后接过，说道：“我虽不能读书识字，但是眼力却不坏！”说罢一扭纤腰，从床榻背后取出一只扁平包裹来，看去长方形状，外面用灰纸包得严严实实。

玉素坐在床边，细细对比着乔泰所携官牒上的大印与包裹外面折缝处盖的印章，看过后将文书还与乔泰，说道：“你说的不错，确实是一模一样的官印。”随后盯着乔泰若有所思，一只手缓缓抓挠着玉腿。

“你怎么会有盖着县衙大印的包袱？”乔泰惊奇地问道。

“瞧瞧，总算回过神来了。”玉素噘着小嘴说道，

新官差遇妓在花船

"你可真是个只知道捉贼的官差！"

乔泰攥紧双拳，冲口说道[1]："看这儿，姑娘！你难道不是刚刚被人打伤？你该不会把我想得如此下作，居然此刻就要与你快活一番吧！"

玉素斜瞟了乔泰一眼，口中打个呵欠，徐徐说道："我也不知是否会把你想得那般下作。"

乔泰听罢，立时站起身来。[2]

乔泰回到大舱房时，见白凯正趴在桌上鼾声大作，胖妇人坐在对面，愁眉苦脸地对着酒盅出神。乔泰清账过后，又警告曰要是再敢毒打玉素姑娘的话，定不轻饶。

"她只不过是个高丽战俘，是我明公正道从官府手中买来的。"胖妇人尖酸说道，随即又讨好地附上

---

1 "乔泰攥紧双拳"不见于荷文本。

2 在荷文本中，本段开头还有"'且罢，我已是仁至义尽了。'"

一句，“不过老爷吩咐的话，对我来说，自然也与律法一般无二！”

这时马荣走入，喜孜孜地说道：“这里还真是个好地方！那胖妞儿更是一流货色！”

“很快就会有更出挑的姑娘为老爷预备下，”胖妇人热心说道，“第五条船上有个新来的，模样俊俏，且又知书达理，虽说如今被一个主顾包下，但是你也知道，露水夫妻哪能长久！没准儿过上十天半月——”

“好得很！”马荣赞道，“我们以后还会再来。不过告诉你的手下别再动刀动枪，一旦惹恼了我们，可是不认人的。”[1]又去摇晃白凯的肩膀，冲他耳边叫道，“爱唱曲的，快快醒来！如今已是半夜，我们也该回去了！”

1　在荷文本中，此处还有“马荣看着摆在白凯面前的一排空酒壶，面露敬畏之色：‘我的天！这瘦麻秆还真有几分酒量，不知都喝到哪里去了。’”

白凯抬起头来，恨恨地瞥了二人一眼，傲然说道：“你两个真是彻头彻尾的大老粗，根本体会不得我胸中的高情逸致。我宁愿留在此地，等着好友金桑前来，你们只知道饮酒乱性，真叫人腻烦。走开！我瞧不上你们！”

马荣笑骂几句，将白凯的帽子朝下一拉，遮住他的两眼，然后跟着乔泰上去，打个唿哨唤船过来。

第七回

偶获漆匣始闻逸事
夜探佛寺暗验陈尸

马荣乔泰回到县衙，见二堂内还亮着灯火。狄公正与洪亮密谈，案上满满堆着公文案卷等物。

狄公示意马荣乔泰在书案前的长凳上坐下，说道："今晚我与洪都头一起查过了王县令的书房，仍未发现茶水是如何被下毒的。洪都头见茶炉放在窗前，便猜想或许凶手捅破了窗纸，用一根细吹管伸进屋去，将毒药吹入茶壶的水中。我们出去一看，却发现窗外镶有厚重的遮板，几个月都未曾打开过。那扇窗户正对着花园内一个阴暗的角落，因此王县令平日里只开书案前的另一扇。

"晚饭之前，我见过了城中四位里长，看去都是体面正派之人，那高丽坊的里长也来了，也是精明能干，他以前在高丽国时，似乎亦是官员一流人物。"

狄公略停片刻，翻看一下方才与洪亮议论时写下的笔录，接着又道[1]："用过晚饭后，我与洪都头又翻阅了档房中最要紧的公文，发现一应登记簿册都保存完好。"说罢推开面前的卷册，问道，"你二人今晚有何经历？"

"回老爷，我们怕是出师不利。"马荣懊恼地说道，"至于如何当差，我二人还得从头学起。"

"我自己也是一样。"狄公说着苦笑一下，"究竟出了何事？[2]"

马荣先讲述一番九华庄掌柜关于唐主簿和范仲的议论。狄公听罢，摇头说道："我想不出唐主簿会有什么不对头，他看似心情极糟，以为自己撞见了王县令的鬼魂，似乎受惊不小。不过我也疑心还有别的缘故，总之他令我颇为烦心，饭后喝过热茶，我便打发

---

1 "晚饭之前……接着又道"不见于荷文本。

2 在荷文本中，此句为"说说你二人有何见闻"。

他回家去了。

“至于范仲，我们不必过于听信饭铺掌柜所言。他们常对衙门心存偏见，不乐意官府控制米价或是收取酒税。待他回衙后，我们自会判断其人到底如何。”

狄公呷了几口热茶，又道：“唐主簿还说起在附近确有吃人的猛虎出没，几日前害了一个农夫的性命。查案一旦有了进境，你二人便出去打猎，设法逮住那畜生。”

“这差事我们乐意干，老爷！”马荣欣然说道，随即面色一沉，犹豫半晌，才又道出在河岸边模糊见到的那场蓄意害命的怪事。

狄公面露忧色，皱眉说道：“但愿是你在雾里看迷了眼，我可不希望再出一桩人命案！明日一早，你二人再去一趟，看看能否向住在附近的百姓打探一二。或许你们看见的景象，自有一番合情合理的说法，近日且看有无走失人口的案报。”

随后乔泰述说了他二人如何遇见易家管事白凯，

又如何去了花船，自是略去不少细处不提，只说在船上喝了几杯酒，又与姑娘们闲谈一阵。

狄公听罢面露喜色。二人见老爷如此，方才松了一口气。

“你们干得一点不坏！”狄公赞道，“今晚探听出了不少消息。妓馆娼寮正是无赖闲汉们聚集的场所，知道了如何走法自是好事。我们且来看看那些花船到底泊在何处，洪都头，你将我们刚刚看过的地图拿来。”

洪亮将一卷全城地图展开在书案上。马荣站起俯身细看，指着位于城西水门以东的第二座桥，说道：“就在这附近，我们看见那人坐在小轿上，然后在这边的饭馆里遇见白凯，又在运河里坐船朝东而行，从东边的水门出去。”

“你们如何能过得去？”狄公问道，“那两座水门一向都有粗铁栅拦着。”

“铁栅有的地方松了，”马荣答道，“一条小船可以从缺口处钻过去。”

“明早头一件事，便是派人前去修补。”狄公说道，“不过那些妓院为何要开在船上？”

“回老爷，唐主簿跟我说过，”洪亮插话叙道，“几年前，蓬莱有一位县令不喜城内有妓院，于是老鸨们只得搬到船上去开业，就泊在东边城墙外的溪流里。那个县令离任后，花船却依旧留在原地，因为对水手来说很是方便，他们可以不入城门，便直接从自家船上过去。”

狄公点点头，手捻颊须沉思道：“白凯这人听去颇为有趣，以后我倒想会他一面。”

“他是不是诗人我说不上，但肯定十分精明，”乔泰说道，“一眼就看出我二人曾是剪径强人，并且在花船上，也只有他听到那姑娘正在遭受打骂。”

“姑娘遭受打骂？”狄公惊问道。

乔泰一拍膝头，叫道：“还有那个包裹！我真是够蠢，居然全都忘在脑后了！那高丽姑娘给了我一个包裹，说是王县令以前交托给她的。”

狄公坐直起来，急切说道：“这可能是我们发现的头一条线索！只是王县令为何会将此物交给一个平常的烟花女子呢？”

“她说有一次被召去陪席助兴时，得识了王县令，”乔泰答道，“老色鬼很中意她，虽说不至于公然去花船上造访，却时常召她来县衙内宅中过夜。大约一月前的一天早上，她正要离开时，王县令将这包裹给她，还说想要藏匿什么东西的话，最意想不到的地方才是最妥当的，并嘱她代为保管，不可让旁人知道，日后需要时再取回来。姑娘问里面装着什么东西，王县令却只是笑笑，说没甚要紧的，然后又板起脸来，郑重地嘱咐她万一自己遭遇到什么不测，务必请她将此物交给下一任县令。”

“既然如此，王县令被害后，她为何不带着包裹前来县衙？”狄公问道。

“那些姑娘们对官府怕得要命，”乔泰耸耸肩头答道，“她宁可等着衙门里有人去花船上时再见机行事，而我恰巧便是头一个。就是这东西。”说罢从袖中取出一个扁平包裹呈上。

狄公接在手中，上下一转，欣喜地说道：“且来瞧瞧里面到底有什么！”随即撕开封印，拆去裹在外面的灰纸，里面是一个扁平的黑漆盒，盒盖上镶着两根竹枝和几片竹叶作为装饰，用金漆印模而成，周围还嵌有一圈螺钿。

“这盒子倒是件值钱的古董。”狄公说着打开盒盖，一看之下，不由惊叫一声，里面竟是空无一物。

“定是有人做了手脚！”狄公怒喝一声，又拿起拆下的包纸，恼火地说道，“该学的东西果然不少，我应该先仔细检查过封印再撕开才是！如今悔之晚矣。”说罢朝椅背上一靠，拧紧眉头。

洪亮好奇地打量着漆盒，说道：“从大小和形状来看，想是存放文书用的。”

狄公闻言点头，叹息说道：“罢了，有盒子总归比没盒子要好些。王县令定是将什么重要文书放在其中，比他收在书案抽斗里的更为要紧。乔泰，那姑娘将盒子搁在何处？”

“就在她的舱房里，床榻和墙壁之间的空当处。”

狄公目光犀利地瞥了乔泰一眼，淡淡说道：“明白了。”

乔泰为了掩饰尴尬，连忙又道：“她向我保证说，此事从未告诉过旁人，也从未拿出来给人看过。但她又说自己不在时，其他姑娘也会用她的舱房，客人和仆从们都可随意进出。”

“如此说来，即使你那姑娘所言不虚，实则也是任何人都可能拿到包裹！又是死路一条。”狄公说罢思忖半晌，耸耸肩膀又道，“我查看王县令的书房时，找到了一本簿册，你二人且过来，看看能否瞧出点眉目来。”

狄公打开抽斗，取出簿册递给马荣。马荣接过翻了一翻，乔泰也从旁探头打量，到底还是摇摇头还给狄公，口中说道：“回老爷，我们还是为你去抓几个歹人来得痛快。我二人都不会动脑筋，却精通舞拳弄脚的力气活。”

狄公苦笑一下，说道：“我总得先查明了凶犯是谁，然后再派你们前去捉拿吧。但是不必担心，我这里另有一桩差使给你们去办，就在今晚，我须得去白云寺的后殿查看一番，事出有因不想让旁人知晓。再来瞧瞧这张地图，商议一下该如何行事。”

马荣乔泰凑在一处细看地图。狄公伸手一指，说道：“这寺庙坐落在城东，就在溪流的对岸和高丽坊的南边。唐主簿说过后殿就在墙边，墙后的山坡上则是一片密林。”

“院墙可以翻过去，”马荣说道，“要紧的是如何能神不知鬼不觉地走到寺庙后面。此时路上不会有多少行人。不过，我们若是三更半夜出城去，被东门的守卫看见了，非得搬弄口舌不可。”

乔泰抬头说道：“我们可以雇条小船，就在遇见白凯的饭馆背后。马荣很会驾船，自会带着我们穿过运河，再从水门下的缺口钻过去，直到溪流对岸，然后就得凭运气了。”

“好个主意。”狄公赞道，“我这就去换上猎装，然后出发。”

四人从角门出了衙院，顺着大街一路朝南而去。此时夜雾已散，一轮明月挂在空中。四人行至饭馆背后，果然找到了一只泊船，讲好价钱并付了佣金。

马荣不愧是个划桨的好手，熟练地驾着小船来到水门前，找到铁栅的缺口处钻了过去，直朝花船方向而去，靠近最末一条花船时，突然折向东边，很快便划到溪流对岸，拣了一处灌木丛生的地方停下。

狄公与洪亮下船后，马荣乔泰一起将船拖到岸上，藏在灌木丛下。

“老爷，洪都头最好留在这儿。”马荣说道，“船得有人照看，前面的路也不会好走。”

狄公点头同意，跟着马荣乔泰钻入灌木丛中。走到路边时，马荣拨开枝叶，只见路对面是密林覆盖的山坡，左边远处依稀可见白云寺的汉白玉山门。

马荣抬手一指山坡，说道：“此时四下无人，我们赶紧跑过去。”

路对面的林中一团漆黑，马荣拽着狄公穿过茂密的灌木丛，乔泰走在前方高处，几乎不曾发出响动。三人顺着陡峭的山坡朝上攀登。

马荣乔泰引着狄公，不时踏上前人踩出的羊肠小道，随后又在林中穿行。狄公早已不辨东南西北，而那一对曾经出没山林的绿林好汉，却仍在前头走个不停。

忽然间，乔泰来到狄公身侧，悄悄说道：“有人在跟着我们。”

“我也听到了。”马荣轻声附和道。

三人静立不动，靠在一处。这时狄公也闻得一阵微弱的沙沙声，还有低沉的咕噜声，似是来自左下方。

马荣扯扯狄公的衣袖，随即俯身趴在地上，狄公与乔泰也依样而行。三人匍匐着爬上一条山梁，马荣小心地轻轻拨开树杈，压低嗓子咒骂一声。

狄公朝下看去，只见一道浅浅的溪谷中，月光下有个黑影正在锯齿形的长草间大步跑动。

“一定是头老虎！”马荣激动地低声道，“可惜我们没带弩弓来。倒也不必担心，它不会袭击三个人的。”

“闭嘴。”乔泰咬牙说着，朝下仔细窥视。只见那黑影正在草间飞跑，跃上一块岩石，又溜进树丛中。

“那不是一只平常的野兽！”乔泰低语道，“刚才它跳起时，闪过一只爪子样的白手。那是一头人虎！”

一声奇异的长嚎划破寂静，几乎像是人声。狄公听了，不由得脊背一阵发冷。

“它已嗅出了我们的味道。”乔泰嘶哑说道，“我们赶紧奔到庙里去，应该就在这山坡下面！”说罢跳起身来，与马荣一左一右拽着狄公，使出浑身气力朝山下奔去。

狄公只觉脑中一片木然，那可怖的叫声还在耳边回响，自己被树根绊倒，又被人拉起来继续踉跄前行，衣袍也被树枝刮破，一阵强烈的恐惧攫住身心，只觉得随时会有一个沉重的庞然大物压上后背，然后伸出利爪撕裂自己的喉咙。

马荣乔泰忽然撒开手，自顾朝前跑去。狄公跌跌撞撞穿过灌木丛，只见面前出现一堵丈把高的砖墙，乔泰已蹲伏在墙边，马荣轻轻一跃，跳上乔泰的肩头，手抓墙头引身上去，然后跨坐下来，俯身朝狄公示意。经由乔泰相助，狄公抓住马荣的两手，被迅速拽上墙头。只听马荣叫道："跳下去！"

狄公手抓墙头顺势滑下，直至两臂完全伸直后方才松手，正落在一堆垃圾秽物上，等到站起身来，马荣乔泰也已跳下。墙后的林中又传出长长一声嚎叫，然后一切重归寂静。

三人如今身在一个小花园中，对面是一座高高的大殿，建在宽阔的砖石台基上，离地足有四尺高。

“老爷，那就是你要找的后殿了！”马荣哑声说道，月光下一张阔脸看去十分疲累，乔泰正默默检视着衣袍上扯破的口子。

狄公大口大口喘着粗气，浑身汗出如浆，努力自持后开口说道：“我们先上那平台，绕行到大殿门口去。”

三人走到殿前，只见这平台呈四方形，十分阔大，汉白玉石板铺地，周围一片死寂。

狄公小心打量四周，过后才伸手推开沉重的殿门。只见殿内十分宽敞，却甚是幽暗，唯有明月透过窗纸映入一点微光，地上除了一排黝黑的长箱之外，别无他物，空气中隐隐飘来一股腐臭之气。

乔泰暗骂一声，低声咕哝道：“那些全是棺材！”

“我正是为此而来。”狄公说着从袖中摸出一支蜡烛，又叫马荣递过火镰，点亮蜡烛后，俯身一一细看贴在棺木正面的纸条，终于在第四口旁边停下，起身摩挲着棺盖，低声命道，“棺盖钉得很松，把它打开。”

马荣乔泰取出匕首，用力撬动棺盖，狄公在一旁焦急等待。只见他二人抬起棺盖移至地上，黑漆漆的棺内立时冒出一股令人作呕的恶臭之气，二人不由得后退几步，口中咒骂连连。

狄公急忙拉起项巾掩住口鼻，手擎蜡烛，俯视那尸体的脸面，马荣乔泰虽然心中畏惧，终是敌不过好奇心，也从狄公身后引颈望去。狄公一看，果然就是在走廊上撞见的那人，面上的神情依然高傲，细长的双眉立起，鼻梁挺直，左颊上有一块胎记，不同之处在于双目紧闭，凹陷的面颊上已显出点点青紫尸斑。狄公只觉心中一阵茫然，实在太过相像了，绝不可能是恶作剧，自己在空宅内撞见的无疑就是王县令的鬼魂。

狄公退后几步，示意马荣乔泰将棺盖放回原处，随即吹熄蜡烛，冷静说道：“我们还是不要顺原路返回的好。不如沿着外墙行走，到了殿前的山门附近再翻墙出去。虽然可能被人撞见，但是林子里却更为凶险！”

马荣乔泰低声赞同。

三人顺着大殿，在墙根下的阴影处绕行，终于走到山门前，随后翻墙出去，在大路边的树下行走，眼见四周无人，便迅速横穿过去，钻入漆黑的林中，林子那边便是溪流。

洪亮正躺在船底熟睡，狄公上前将他唤醒，然后帮马荣乔泰将小船推入水中。

马荣正要上船时，忽然停住脚步。只听水面上传来一个高亢尖利的声音，正在吟唱：“月兮月兮，皎皎如银——”

遥见一叶小舟划向水门方向，歌者坐在船尾，手臂正随着韵律的起伏缓缓上下摇摆。

“那就是喝得烂醉的诗人白凯，到底还是回家去了！”马荣叫道，“不如让他走在前头的好。”

当那刺耳的吟声再度响起时，马荣又冷冷说道：“我原先觉得他唱得很是难听，不过说真的，自从在林子里领教过那一声吼叫之后，如今倒是觉得入耳多了！”

第八回

失娇妻船主报官府
查两案县令析疑情

THE CHINESE GOLD MURDERS

早在天亮之前，狄公便已起身。昨夜从白云寺回来，狄公虽已筋疲力尽，却一夜未能安寝，两次梦见王县令的鬼魂立在榻前，于是猛然惊醒，出了一身的冷汗，室内却仍是空空如也，索性披衣下床点亮烛火，坐在书案前翻阅公文，直至天光破晓，红霞映窗。

一名衙吏送入早饭，狄公刚刚用罢，洪亮又提着一壶热茶进来，禀报曰马荣乔泰已出去督办修补水门之务，过后将去昨晚疑似发生异事的运河沿岸再度查访一番，尽量赶在早衙开堂前返回。衙役班头进来报曰范仲仍未露面，最后又有唐主簿的家仆前来送信，道是主人昨夜高烧发作，一旦稍稍康复，便会立即回衙当差。

“我自己也颇觉不适。”狄公低声咕哝一句，大口喝下两杯热茶，又道，“要是我的藏书都在这里就好了，其中有不少关于鬼魅和人虎的记述，只可惜以前从未留意过。做个县令，非得事事通晓才行啊！且罢，关于今日早衙开堂，昨晚唐主簿跟你已经议过，不知都有哪些事务要办？”

“没有多少，老爷。”洪亮答道，“有两个农夫关于划分田界争执不下，今早须得做出裁断，如此而已。”说着递上案卷。

狄公匆匆浏览过案卷，说道：“此事好在并不繁难。唐主簿做事精细，将旧地图一同收在鱼鳞图册[1]中，那上面清楚地标有原来的分界线。一旦了结此案，我们便可立即退堂，还有更要紧的事等着办哩！”说罢站起身来。

---

1 即中国古代的一种土地登记簿册，将房屋、山林、池塘、田地等依照次序绘出，并标明相应的名称。由于田图状似鱼鳞，故得此名，亦称“鱼鳞册”“鱼鳞簿”或“丈量册”。

洪亮助老爷换上墨绿织锦官袍，又戴上乌纱帽。只听三声锣响，昭示早衙即将开堂。

狄公穿过二堂前的廊道，走出绣有獬豸图样的帷幕背后的小门，迈步登上高台，在案桌后的太师椅上坐定。只见大堂内人满为患，蓬莱百姓正急于一瞻新任县令的风采。

狄公迅速打量左右，查看一众衙员是否已各就其位。案桌两侧各设一张低桌，早有书吏坐在那里，等候记录议程，笔墨纸砚皆已齐备。堂下有六名衙役分列左右，班头站在一边，手中缓缓摇动着长鞭。

狄公一拍惊堂木，宣布升堂，点卯过后，看看洪亮放在桌上的案卷，对班头示意一下，于是两名农夫被带到案前，双双跪倒在地。狄公讲明了关于田界纠纷的决议后，二人磕头谢恩。

狄公正欲拍案退堂，却见一个衣冠楚楚的男子跛行上前，手拄一支颇有分量的竹杖，相貌甚是清俊，留着一副短短的髭须，修剪得十分齐整，年纪大约四十，在案桌前艰难跪下，开口时语声文雅悦人：“小民乃是船业主顾孟宾。老爷统管蓬莱，首次升堂便来搅扰，实在过意不去，只因贱荆数日不见踪影，令小民十分担忧，还望县衙帮助寻查下落。”说罢在地上叩头三下。

狄公暗暗叹一口气，开言道：“顾孟宾，你须将此事原原本本报来，本县方能再做定夺。”

“回老爷，小民于十日前迎娶贱荆过门，”顾孟宾叙道，“由于前任县令王老爷遽尔辞世，我等自是免去了大摆宴席，一力简朴行事。新妇依例在婚后第三日归宁，岳丈是经学博士曹鹤仙，就住在西门外。贱荆本应前天离开娘家，即本月十四日，当日午后便可回宅，小民见她未归，心想许是打算多住一天。谁知到了昨日午后，仍是不见人影，小民这才发了急，派我那管事金桑去曹家询问。岳丈告诉他说贱荆于十四日午膳后骑马离家返程，由其弟曹敏一路相送。内弟本应将贱荆送至县城的西门口，下午回家后，他对其父道是快要走上官道时，他看见路边树上有个鹳鸟巢，便让贱荆前头先行，预备掏几颗鸟蛋后就赶上来，结果爬树时不慎踩断朽枝，跌到地上扭伤了脚踝，然后一瘸一拐走到附近的农庄里，农人为他包扎了伤处，又用驴子驮着送回家中。既然姐弟二人分手时，贱荆就快要走上官道，料想她已是直接回城了。”

顾孟宾略停片刻，揩揩额上的汗水，接着叙道：“在乡间小路与官道的交口处，有一座军营值房，我那管事曾顺路进去打听，还有官道两旁的农庄与店铺，全都一一问过，都说那天并未见有单身骑马的女子经过。小民听罢惊惧万分，生怕贱荆遭遇到什么不测，这才赶来县衙，恳请老爷及时发告寻人。”

顾孟宾又从袖中取出一份折好的文书，两手捧着举过头顶，恭敬呈上：“小民写下的此文书，乃是关于贱荆年貌服饰以及坐骑的描述，那匹马面上生有白斑。”

班头接过文书，送到案桌上。狄公匆匆看罢，发问道：“尊夫人随身可带有珠宝，或是大笔银钱？”

“回老爷，没有。”顾孟宾答道，“我那管事曾问过岳丈，答曰只提了一篮糕饼，是岳母送给小民的礼物。”

狄公点点头，又问道：“可有什么人对你怀恨在心，因此企图加害尊夫人？”

顾孟宾断然摇头，答道：“回老爷，或许有人对小民心怀不满，哪个争财逐利的行当里不是如此？但是无人敢犯下如此卑劣的罪行！”

狄公缓捋长髯，暗想若是当众盘问顾太太可否会与人私奔，怕是多有冒犯，理应先查明她的性情品格如何后再议，于是说道：“本县定会立即着手布置下去，命各方妥善行事。县衙退堂后，让你那管事前来二堂，详述一番他四处打问的经过，免得重复行事。一旦有了消息，自会派人告知于你。”说罢一拍惊堂木，宣布退堂。

狄公回到二堂，只见一名衙吏正在那里等候，禀道：“船业主易本前来求见，说是想与老爷私谈几句，此刻正在前厅内等候。”

失娇妻船主报官府

“他是何人？”狄公问道。

“回老爷，易先生是本地的富户，”衙吏答道，“他与顾孟宾先生同为全县最大的两家船主，名下的货船走遍高丽日本各地。二人在河边各有一个码头，整日造船修船，十分忙碌。”

“好，”狄公说道，“我正等着要见另一个人，不过此刻可以先见易先生。”又对洪亮吩咐道，“你留在这里接待金桑，并把他打听的主家夫人走失的详情全都记录下来。我去听听易本究竟要说何事，过后便立即回来。”

一个高大肥硕的男子正站在花厅内等候，一见狄公走上台阶，立时跪倒在地。

“此处不是公堂，易先生请起。”狄公在茶几旁坐下，和蔼说道，“还请对面坐下。”

易本低声咕哝了几句谦辞，随后战战兢兢坐在座椅边沿。只见他生得一张肥厚的圆脸，留着稀疏的髭须和一圈粗糙的络腮胡，一双小眼中露出奸滑，令狄公心中不喜。

易本呷了一口茶水，似是茫然不知该从何说起。

“不出几日，本县便会邀请当地所有名流前来衙院，”狄公开言道，“希望之后能与易先生长谈一二。此时有务在身，还请多多包涵。易先生若是有事前来，还望省却繁文缛节，直言便是。”

易本连忙躬身一揖，开口说道：“回老爷，身为船业主，小民一向谨守海防规章，事事依律而行。如今城内传言已久，道是有大批军械正通过蓬莱私运出去，小民以为理应将此事主动报知老爷。”

狄公坐直起来，怀疑地问道：“军械？运去哪里？”

“回老爷，自然是高丽无疑。”易本答道，“小民听说高丽人战败后十分恼火，正在图谋不轨，打算袭击那里的唐军要塞哩。”

“有人竟敢通敌叛国，真是无耻之尤。”狄公怒道，“你可知道都有谁参与其中？”

易本摇头答道：“回老爷，可惜小民还未能发现丝毫线索，只敢说我名下的货船与此勾当绝无干系！虽然这些只是传言，不过军塞统领一定也已有所耳闻，据说对于所有出港的船只，近来盘查得十分严格。”

“若是你再听到什么消息，务必立刻前来报知本县。”狄公说道，“还有一事，顾孟宾与你是同行，据你想来，顾太太可能出了何事？”

“回老爷，小民全无头绪。”易本答道，“不过，曹鹤仙当初未将女儿许配与犬子，如今该是追悔莫及了吧！”见狄公扬起两道浓眉，忙又说道，“老爷有所不知，我与曹鹤仙本是多年知交，同为排佛崇理之人，虽然从未正经议过他家小姐与我家长子的婚事，但我一向以为自是理所当然。不想三个月前，顾孟宾的发妻辞世后，曹鹤仙突然昭告曰要将女儿许配给顾孟宾！老爷想想，那曹小姐还不满双十哩！况且顾孟宾虔心向佛，据说要捐一座——”

“够了。”狄公打断了易本的话，无意再听这些家务私事，于是转而说道，“昨天晚上，我的两名随从与你那管事白凯不期而遇，此人似非寻常之辈。”

“小民但愿白凯遇见人时，总还稍稍清醒！”易本说着无奈地笑笑，“他要么就是喝得烂醉，要么就是写几首歪诗。”

“那你为何还要留用他？”狄公惊问道。

“其中自有缘故。”易本解释道，“谁能想到如此诗酒放浪之人，却是个理财圣手！不瞒老爷说，当真是不可思议。有一天，我预备花上整整一晚的工夫与白凯一起查账，不料坐下刚说了几句，他便将所有账目从我手中一把取过，一边翻阅，一边随手写写画画，然后把账本还给我，大笔一挥写下了结余数目，竟是不差分毫！又过了一天，我对他说军塞里需要一条战船，给他七天时间，为造船一事作个估算，结果当天晚上就大功告成了！正是因此，我才能抢在顾孟宾前头递上文书，从而揽到了这桩生意！”说着得意地一笑，又道，“只要他不曾耽误了我的正事，只管随意诗酒放浪去。他受雇的日子虽不长，却挣了普通账房二十倍的薪水。只有两件事令我不喜，一是他虔心信佛，二是与顾孟宾的管事金桑一味交好。不过白凯坚称佛家教义令他于心戚戚，而与金桑来往，则是为了探听顾家生意上的消息，有时自然也不无用处。”

“叫他过几日来一趟县衙，”狄公说道，“这里有一本貌似账簿的册子，本县想听听他有何高见。”

易本朝狄公溜了一眼，似是还有话想说，却见狄公已站起身来，于是只好告辞离去。

狄公正要穿过庭院时，迎面遇见马荣乔泰二人。

“启禀老爷，水门铁栅上的缺口已经修好。”马荣说道，“回来的路上，我二人又去了河边，向第二座桥附近的几家大宅打问了一番，听仆人道是有时宴席过后，他们会将装有垃圾杂物的大桶放在小轿上，再抬去河边倒入水中。不过我们仍须挨家挨户地查问，看是否有人在昨天晚上那个时候做过此事。”

“原来如此！”狄公松了一口气，“此刻与我同去二堂，金桑想必正等在那里。”

三人一路行走时，狄公向马荣乔泰简述了一番顾太太失踪一事。

洪亮正与一个后生叙话。那人面容俊秀，看去大约二十四五岁，上前见过礼后，狄公问道："看你的名字，可是高丽人氏？"

"回老爷，正是如此。"金桑恭敬地答道，"小民正是生在这高丽坊中。由于顾先生手下有许多高丽水手，他便雇我负责统管众人，并居中做个译语[1]。"

狄公听罢点头，见洪亮已对金桑所述做了笔录，便拿起来细细读了一遍，又交给马荣乔泰，对洪亮问道："范仲最后被人看见时，是不是也在十四日，并且也是午后不久？"

"是的，老爷。"洪亮答道，"范家佃农说他吃过午饭后离开田庄，与男仆老吴一道朝西而去。"

---

1 指翻译语言之人。日本僧人圆仁《入唐求法巡礼行记》一书中，曾多次提到"新罗译语"。关于此书，请详后记中的相关记述。

“你这里写着曹鹤仙家也在附近。”狄公又道，“让我们且来弄个明白，取地图来。”

洪亮将大幅蓬莱全图展开在书案上，狄公拿出笔来，在城西一带划了个圆圈，并指着曹宅说道：“你们看此处，顾太太于十四日午膳后离家，先是朝西而行，在头一个岔路口右转。金桑，她的兄弟是在哪里与她分开的？”

“回老爷，在经过两条乡间小路交汇处的小树林时。”金桑答道。

“不错，”狄公说道，“范家佃农曾说过，范仲也是在同一时间朝西而去。为何他不朝东走，从田庄径直回城去呢？”

“回老爷，从地图上看去甚是便捷，但却难走得很。”金桑答道，“只是一条路人踩出的小径，雨后更是泥泞湿滑。范仲要是抄近路，比起绕远走官道来，实则花费的时间更多。”

“原来如此。”狄公说着又拿起笔来，在乡间小路交口与官道之间做了个记号，“我不信什么巧合，不过可以假设顾太太正是在此处遇见了范仲。金桑，他二人以前可曾相识？”

金桑犹豫片刻，方才答道：“回老爷，这个小民不知。不过既然范家田庄离曹家不远，顾太太未出阁时，许是见过范仲也未可知。”

“好吧，你所说的甚是有用，”狄公说道，“至于如何行事，回头再议。你可以走了。”

金桑离去后，狄公意味深长地瞧着三名亲信，撇一撇嘴，开口说道：“要是还记得饭铺掌柜对范仲所发的议论[1]，当日发生的情形，自是可想而知。”

“顾孟宾还是防范得不够严实。”马荣说着坏笑一下。洪亮却面带疑虑，慢慢说道：“老爷，若是他二人私奔，为何官道上的兵卒未曾看见？在那些军营值

---

1 在荷文本中，此处还有“此人仪表堂堂，对女子格外有兴，并且在曹家附近来往已有一年”。

房的门前，总会有几名兵士整日坐守，一边吃茶，一边盯着来往路人，并且他们一定认得范仲，若是范仲与一妇人同行，定会看在眼里。还有范仲的男仆，不知又去了哪里？[1]”

乔泰起身俯看地图，说道：“无论到底出过何事，正是发生在破庙前面。饭铺掌柜曾说过几桩怪事，都与那里有关！并且这一段路，不但从值房看不到，从范家田庄和曹家看不到，从顾太太的兄弟受伤包扎的小农庄也看不到。如此说来，顾太太与范仲，还有范家男仆，正是在这一带消失了踪影！[2]”

狄公霍然起身，说道：“我们先去亲自查看一回，过后再议不迟，顺便也可问问曹鹤仙与范家佃农。此刻天气转晴，我们这就出发！昨夜那一番经历过后，我倒是很想在光天化日之下好好骑上一程马哩！”

---

1 “并且他们……不知又去了哪里”不见于荷文本。

2 “并且这一段路……消失了踪影”不见于荷文本。

第九回

田庄内查案审佃户
桑林中掘尸惊众人

城西门外，一队人马走在乡间土路上，正在田间耕作的农人见此情形，纷纷举头观望。狄公一马当先，三名亲信紧跟其后，另有班头与十名衙役骑马随行。

狄公打算抄近道去范家田庄，很快便发觉金桑说得一点不错。这条路果然十分难行，泥地上印出的辙痕变得干硬深陷，马匹不得不排成一列，缓缓前行。

经过一片桑树林时，班头驱马下田，赶到狄公身边，指着前面高地上的一座农舍，谄媚说道："老爷请看，那里便是范家田庄！"

狄公沉下脸来，厉声说道："以后不许再践踏良田！本县已仔细看过地图，自然知道那就是范家田庄。"

班头听罢垂头丧气，等狄公与三名亲随走过后，才与一个老衙役低声咕哝道：“瞧这青天大老爷，多么法度严明！还有他带来的那两个家伙，也是仗势欺人！我堂堂一个衙役班头，昨天居然也被叫去习武操练！”

“混口饭吃真是不易，”衙役叹气说道，“小人也是一样，况且还没个好亲戚，能留给我一座小田庄用来安身。”

路旁有一座小茅棚，狄公行至此处，跳下马来，只见前面一条小路蜿蜒通向田庄，于是命班头与众衙役留下，只带了三名亲随徒步走去。

马荣经过小茅棚时，一脚踢开大门，只见里面堆着许多木柴。

“真想不到！”马荣说着正要关门，却被狄公推到一边。柴草堆里有一件白花花的物事，狄公上前拣起，拿给三人一看，却是一方妇人用的绣花手巾，上面还留有淡淡的余香。

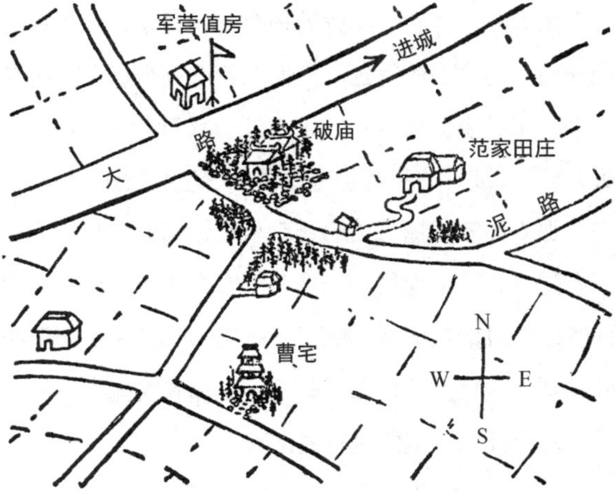

“农妇村姑们想必不会用到此物。”狄公说着，将手巾小心地纳入袖中。

四人行至半路，看见一个健壮女子正在田间锄草，身着蓝布衣裤，头上裹一块花巾，这时直起身来，大张着嘴呆呆望向四人。马荣冲她上下打量一眼，对乔泰低声说道：“还挺不赖。”

农舍十分低矮，里面有两间屋，靠墙的门廊下摆着存放农具的大箱，不远处还有一间谷仓，和房屋之间隔着一道高高的篱笆。门前立着个高个汉子，身穿一件打了补丁的蓝布袍，正在打磨镰刀。狄公走上前去，开口说道：“我乃是蓬莱县令，领我们进屋去。”

那人面容粗糙，抬起一双小眼，迅速瞧瞧狄公与三名随从，笨拙地躬身一揖，引着众人走进屋内。四面皆是斑驳的灰泥墙，除了一张粗制长桌和两把旧椅外，别无他物。狄公靠在桌旁，命那农夫报上自家名姓，以及住在此地的另有些何人。

“小民叫作裴九，”那人阴沉答道，“是县衙里范仲老爷的佃农。两年前死了老婆，如今和女儿淑娘同住在这里。女儿烧菜煮饭，也帮我在田里做些农活。”

“这田庄要是只有一人操持，似乎不易。”狄公说道。

“小民手头宽裕时，也会雇个帮手，”裴九低声说道，“但不是常有的事。范爷这东家很是难缠。”说罢拧紧眉头，抬眼望了狄公一下，目露挑衅之色。

狄公见此人面色黝黑，宽阔的两肩略微佝偻，手臂筋肉结实，看去相当不善，便说道：“你且说说东家来时的情形。”

裴九抬手拽拽旧衣领的折边，生硬地答道：“范爷是十四日来的这里，当时小民父女俩刚吃过午饭。我想买新谷种，问他讨钱，他却不给，还叫老吴去谷仓里瞧瞧，那厮回来说尚有半口袋种子。范爷听了哈哈大笑，然后他二人便骑马朝西，直奔大路而去。衙里的差爷来时，小民已经说过这些话了，再无其他。”说罢两眼低垂，望向地面。

狄公默默注视着裴九，突然断喝一声：“裴九，抬头看着本县！快说，那妇人到底出了何事？”

裴九惊骇地望了狄公一眼，转身朝门口奔去。马荣一跃而起，一把揪住裴九的衣领将其强拖回来，又按着他跪在狄公面前。

“不是我干的！”裴九叫道。

“这里出过的事情，本县心里一清二楚！”狄公厉声说道，“还不从实招来！”

“老爷饶命，且听小民一一道来。”裴九绞着两手哭叫道。

“那就快讲。”狄公喝道。

裴九皱着眉头，深吸了一口气，然后开言道：“实情原是这样。就在那天，老吴牵了三匹马过来，道是东家和太太要在田庄里过夜。小民从未听说过范爷已经成家，但也没多问，因为老吴那厮从来不是个东西。我心知东家是为了收租而来，就叫淑娘去杀一只鸡，和着蒜瓣下锅炒炒，再去把东家的卧房收拾妥当。东家这次来，定是要收租子的。我牵了马匹去谷仓里，刷洗过后又喂了草料。

“等我回到屋里，只见范爷正坐在这张桌旁，大红钱箱搁在面前。我知道他要收租子，便说才买了新谷种，一时钱不凑手。他张口骂了我几句，又叫老吴去谷仓里看看到底有没有成袋的谷种，过后又命我带着老吴去田里四处瞧瞧。

“我和老吴再回屋时，天已经快黑了，范爷从卧房内发话说要吃饭，淑娘便给他端了进去。我和老吴在谷仓前吃了碗稀粥，老吴说要是我给他五十个铜板的话，他就去告诉东家田里料理得很好。他拿到钱之后，便去谷仓里歇息。我一人坐在外面，心里盘算着如何才能弄到这租子钱。等淑娘将厨房收拾停当后，我便打发她去阁楼上歇息，然后自己回了谷仓，在老吴旁边睡下。不知几时我醒过来，心里还想着缴租的事，却发现老吴已不见了人影。”

“想是摸到阁楼上去了。”马荣坏笑着插嘴道。

“休得轻口薄舌！”狄公冲马荣喝道，“你且闭嘴，让他说完。”

裴九并未理会这小枝节，拧着眉头又道：“我起身走到外面，发现三匹马也不见了，又看见东家的卧房里还亮着灯光，心想既然人还没睡，应该赶紧告诉他才是。我上去敲门，里面却没动静，绕到屋后一看，发现窗户开着，范爷和太太都躺在床上。我正想睡觉还点着灯实在造孽，灯油如今要十个铜板一斤哩，再定睛一瞧，才发现二人浑身都是血。我从窗户爬进屋里，想找那钱箱，却只看见我平常用的镰刀血迹斑斑掉在地上。我想一定是老吴那厮杀了二人，然后卷着钱箱马匹逃走了。”

乔泰听到此处，开口欲言，狄公连忙摇头示意。

“小民明知一定会被当作是凶犯，”裴九低声说道，“定会挨打受刑，直到招供为止，过后便绑去法场砍头示众，淑娘也从此没了安身之处。于是我将谷仓里的推车挪到窗下，将尸身从床上搬到车内，记得那妇人尚有一些余温。我推车去了桑林，将两具死尸胡乱堆在树下，便折回谷仓里歇息，心想等到天亮后，带把铁锹再过去仔细挖坑埋起。结果第二天一早，我再去桑林时，却发现两具尸体都不见了。”

“你说什么？”狄公叫道，“不见了？”

裴九连连点头，“真的是不见了。我想定是有人看见尸首，便去报了官。我赶紧跑回来，将范爷的衣

田庄内查案审佃户

裤与那把镰刀卷起，又用妇人的绣袍揩擦床席和地板，但是床席上的血迹擦不掉，我就整个揭了下来，连同其他东西捆成一包，藏在谷仓内的干草堆里。我又叫醒淑娘，告诉她说那三人天亮前便起身进城去了。小民说的全是实情，老爷，发誓没有半句假话！小民没有杀人，求老爷开恩，别让他们打我！”说罢伏在地上拼命叩头。

狄公揪一揪长髯，对裴九说道：“你且起来，带我们去那桑林。”

裴九连忙从地上爬起，乔泰兴奋地低声说道：“老爷，我们来蓬莱的路上，遇到的那人就是老吴！问问那几匹马是何模样。”

狄公命裴九细述范仲与妇人的马匹，裴九答道范仲骑了一匹灰马，范太太的坐骑则是面有白斑。狄公闻言点头，示意他继续朝前走。

一行人没走多远，便已来到桑林。裴九指着一片灌木丛，说道：“小民正是将死尸搁在了那边树下。”

马荣弯腰细看地上的枯叶，又拣起几片给狄公过目，说道："这些黑斑定是血迹。"

"你二人最好在桑林里查看一番！"狄公命道，"这狗头不定又在扯谎！"

裴九一听，立时喊起冤来，狄公却并不理会，捻着颊须思忖半晌，对洪亮说道："此案看似简单，实则恐怕未必如此。我们在路上遇见的那人，看去不像是个能杀人越货又卷走马匹的冷血凶犯，我看他更似吓得六神无主。"

半晌过后，林中传来簌簌之声，只见马荣乔泰返回。马荣举着一把带锈的铁锹，兴冲冲叫道："启禀老爷，林子里有一小片空地，看去似乎才被人动过，埋入了什么东西。我还在一棵树下找到此物。"

"将那铁锹给裴九，"狄公冷冷说道，"这狗头自己埋进去的东西，理应自己再挖出来。前面带路。"

马荣拨开灌木丛，一行人朝前走去，乔泰一路拽着魂不附体的裴九。走近一看，空地中央果然有一片松土。

“动手快挖！”狄公对裴九喝道。

裴九朝掌心吐了口唾沫，开始挥锹掘土，很快便露出一件沾有污泥的白衣。马荣乔泰从坑内抬出一具尸体，放在旁边的落叶上。死者是个老头儿，头皮剃得精光，身上只裹着贴身衣裤。

“这人是个和尚！”洪亮叫道。

“接着再挖！”狄公对裴九厉声喝道。

裴九忽然一撒手，铁锹掉在地上。只听他喘着粗气叫道：“这便是东家了！”

马荣乔泰上前，小心地抬出一具男尸来。此人体格魁梧，筋肉结实，浑身一丝不挂，头颅几乎被完全砍断，胸前沾有一片干凝的血迹。马荣饶有兴致地上下打量几眼，赞道：“好一条壮汉！”

“将那第三具尸首也挖出来！”狄公对裴九喝道。

裴九手握铁锹，狠命地向下一插，却撞在石头上，下面再无尸体，于是不知所措地望向狄公。

“你这大胆刁民，究竟将那妇人弄到哪里去了？”狄公怒喝道。

“小民实在不知！”裴九惊叫道，“小民只将东家和太太送到这里，放在矮树下边，并没埋进土里去，并且从未见过这个秃头和尚！小民对天发誓，句句是实！”

“此地出了何事？”背后有人温文说道。

狄公回头一看，却是一个矮胖男子，身穿一件富丽的绛紫绣金锦袍，一副硕大浓密的三绺长髯直垂到胸口，几乎将下半个脸面完全遮住，头戴一顶学者的高纱帽，迅速打量狄公一眼，恭敬地敛袖长揖，开口说道：“小民曹鹤仙，虽薄有几分田产，却更喜深究理学。想来这位老爷必是新任蓬莱县令吧？”见狄公点头，接着又道，“老朽行至此处，听农人道是官府派人去邻家范仲的田庄里公干，于是不揣冒昧主动前来，看看可否效劳一二。”说罢伸头想要窥看横陈在地的尸体。狄公迅速移步，挡在曹鹤仙身前，简短说道[1]："本县正在调查一起人命案，还请曹先生暂去路旁稍等，本县随后就来。"

曹鹤仙再次躬身一揖，迈步离去。洪亮待他走远后，方才说道："回老爷，和尚的尸体上不见有暴力痕迹，据我看来，不像是死于非命。"

"待你我回衙后，即可真相大白。"狄公说罢，又转头冲裴九问道，"你且说说，那范太太是何模样？"

"回老爷，小民实在不知。"裴九哭诉道，"范太太刚进庄时，小民并未见到她，等我发现人已死时，却又满脸是血。"

狄公耸耸肩头，命道[2]："马荣，你去叫众衙役过来。乔泰，你看着尸体和这歹人，再命人用树枝扎成两个担架，好生将尸体运回衙院，并将裴九关入大牢。回去的路上跑一趟谷仓，让裴九说出死者衣物与

---

1 "说罢伸头想要……简短说道"不见于荷文本。

2 "狄公说罢，又转头冲裴九问道……狄公耸耸肩头，命道"不见于荷文本。

床席藏在何处。我与洪亮回田庄去查看一下屋内，再问那姑娘几句话。”

狄公快步赶上曹鹤仙，只见他正用一根长手杖拨开枝叶，小心翼翼在灌木丛中穿行，家仆牵着一匹毛驴候在道旁。

“曹先生，本县此刻得去范家田庄走一遭，[1]”狄公说道，“公事完毕之后，再去府上造访。”

曹鹤仙深深一揖，三绺长髯如折扇般飘洒开来，随后骑上驴背，将手杖横置在鞍上，迅速离去，家仆一路小跑跟在后面。

“如此出众的一副美髯，我平生还从未见过哩。”狄公略带歆羡地对洪亮说道。

狄公走回田庄的房舍中，命洪亮去田间唤那姑娘，自己先径去卧房。

只见卧房内摆着一张大床，唯余一副空空的木

---

1 在荷文本中，此句为“曹先生不如这就转回家去”。

架，另有两条长凳与一张简朴的梳妆台，靠门的墙角处立着一张小桌，桌上有一盏油灯。狄公低头看那大床，眼光落在床头附近一道深深的刻痕上，裂处看去还是崭新，似是最近才划下的刀痕。狄公疑惑地摇摇头，又踱到窗前，发觉窗上的木闩已经断裂，正要转身时，瞧见窗下的地上有个折好的纸包，于是上前拣起，打开一看，里面露出一柄廉价的女用骨制发梳，嵌有三枚圆圆的彩色玻璃作为装饰。狄公看罢，重又包起并纳入袖中，不禁疑惑地自问是否真有两个女子卷入此案中，在茅棚中发现的手帕当为富家女子所有，而这柄粗陋的发梳，则显然是农妇村姑所用之物，不禁长叹一声，走回堂屋，只见洪亮与裴九的女儿已等候在那里。

狄公见那姑娘十分惊恐，几乎不敢抬眼看人，便和蔼说道："淑娘，听你爹爹说，那天你给东家做了一顿炒鸡块，味道很是不错哩！"

淑娘羞怯地望了狄公一眼，不禁微微一笑。狄公接着又道："山野村食常常比城里的饭菜要美味得多，我想那位太太也很中意吧？"

淑娘面色一沉，耸耸肩头答道："她可是傲气得很呢，就坐在卧房的凳子上，我上前问好时，根本看都不看我一眼！"

"你饭后去收拾碗筷时，她也没跟你寒暄几句？"狄公问道。

"那时她已经上床歇息去了。"淑娘应声答道。

狄公手抚长髯沉思片刻，又问道："还有一事，你可认得顾太太？就是曹家的小姐，不久前才嫁到城里去的。"

"我以前在田里干活时，远远地看见过她一二回，还有她的兄弟，"淑娘答道，"听说她待人很和气，不像城里的那些大小姐们。"

"且罢，"狄公说道，"现在你替我们领路，去曹家走一趟，守在茅棚那边的衙役会给你牵匹马来，过后再随我们一道回城，你爹爹也会同去。"

第十回

老学究开言谈义理
狄县令解惑释谜团

狄公见曹宅竟是坐落在松冈之上的一座三层塔楼，心中不免惊异。他命洪亮与淑娘在门房内等候，自己随曹鹤仙登阶而上。

曹鹤仙一边顺着窄梯朝上走去，一边对狄公述说家史。此处原是一座古老的望楼，当地发生战事时曾经大有用场，后来归曹氏所有，迄今已历数代。不过曹家世居在蓬莱县城内，当以贩茶为业的父亲过世后，曹鹤仙变卖了城里的宅院，举家方才迁至此处。只听他叙完又道："待我们上去书房内，老爷便会明白其中缘故。"

二人走入顶楼一间八角形的房中。曹鹤仙一挥长袖，指着窗外的风景，说道："老爷请看！老朽非得有一隅清静之地，专门用来潜心思索不可。在这间书斋中，老朽方可心怀天地，故而生出许多灵思妙想来。”

狄公客套寒暄几句，发觉从北窗望出去，那座古庙清晰可见，但庙前的一小段路却被交口处的树丛遮挡住了。

二人在堆满书卷的桌旁落座，曹鹤仙急急说道：“敢问老爷一句，不知京师同仁，对于老朽的学说有何评议？”

狄公暗想以前还从未听人提起过曹鹤仙的大名，于是委婉答道：“本县曾听人道是先生之说独树一帜，颇有新意。”

曹鹤仙闻言大喜，满意地说道：“说老朽不囿于前人之论，敢于推陈出新自成一家，此言倒是不虚！”随即端起桌上的茶壶，为狄公倒了一杯清茶。[1]

“令嫒究竟出了何事，”狄公发问道，“不知曹先生可否见教一二？”

---

1 “随即端起……一杯清茶”不见于荷文本。

曹鹤仙面露不悦之色，仔细整整胸前的长髯，略带尖刻地说道[1]：“老爷明鉴，小女的所作所为，无一不令老朽烦心费神！[2]我本该清静无扰，谁知常被她搅得心绪不宁，以致无法钻研学问。我亲自教她读书识字，结果却又如何？她一向读些不当之书，居然还有史书，请问老爷作何感想！史书中所载之前人，皆为头脑混沌的蒙昧之徒，其言行事迹亦是令人可悲，读来又有何益，岂不是白白浪费工夫！”

“不过，后人常常也可以史为鉴，从中汲取教训。”狄公审慎说道。

曹鹤仙听罢，只是哼了一声。

“本县可否再问一事，曹先生为何要将令嫒许配给顾孟宾？”狄公又道，“听说先生一力排佛，斥之为愚昧无知的崇拜，本县甚为赞同。但顾孟宾却是一

---

1 在荷文本中，此处为“曹鹤仙正在沏茶，抬头怫然说道”。

2 在荷文本中，此处还有：“全都怪拙荆行事不当，这蠢婆娘总是对小女百依百顺。”

心向佛。”

“啊哈，”曹鹤仙高声说道，“要说这桩婚事，全是两家的妇人们背着老朽一手作弄而成的。女流之辈皆是愚不可及！”

狄公心想如此说法未免太过武断，但还是姑且存而不论，又问道：“令嫒与范仲可曾相识？”

曹鹤仙两手一摊，“老朽哪里会知道这等事！没准她与范仲见过一两面。就在上月，那莽汉为了一块界石，竟然跑来与我聒噪。老爷明鉴，如我这般潜心治学之人，居然要与什么界石有所瓜葛，简直岂有此理！”

“想来二者倒是各有各的用处。”狄公淡淡说道，见曹鹤仙疑惑地瞥了自己一眼，连忙又道，“先生必是藏书甚富，只是对面靠墙的架上，不知为何空空如也，敢问书册都去了哪里？”

“老朽以前确有不少藏书，”曹鹤仙漠然答道，“不过所读愈多，所获愈少，如今闲览书卷，只为领略庸人愚见，以此自娱而已。[1]每次拜读完某人之作后，我便将那些书转赠给堂兄曹芬。这位堂兄家住京城，其人才思平庸，缺乏创见，只知一味因循前人，实为憾事一桩。”

狄公隐约记起曾与曹芬谋过一面，是在自己的好友大理寺侯主簿做东的一次宴席上。曹芬年事已高，酷爱藏书，一心治学，十分可敬。狄公抬手欲抚长须，却看见曹鹤仙端然危坐，正捋着他的那一副美髯，不由恼怒地停住手。曹鹤仙眉头微蹙，又开言说道：“老朽在此不妨略议几句，为老爷深入浅出讲个大概，不消说自然是本人的为学心得了。首先，老朽认为天地万物——”

狄公迅速起身离座，断然说道：“本县还有要事在身，必须立即回城，深感抱憾。日后另有机会，再与先生讨论不迟。”

---

1 在荷文本中，此处还有：“老爷明鉴，世间昧于理者众矣！”

二人一路降阶而下。狄公拱手道别，又说道："今日午衙开堂，本县将会传唤与令嫒失踪一事有关的数人，想必先生也愿去听审。"

"那我的学问又该如何？"曹鹤仙责怪似的说道，"老朽着实不该被听审之类的琐事搅扰，从而打乱了心中清静。再说顾孟宾不是已经娶了小女为妻么？她若有事，如今也该顾孟宾去料理才是。本人学说的一大根基，便是人人都应谨承天命，自守本分——"

"告辞了。"狄公说罢，上马离去。

狄公顺着小丘一路驰下，洪亮与淑娘跟在后面。忽然从道旁的松林里钻出一个少年，生得眉清目秀，立在地上深深一揖。狄公连忙勒住马匹，只听那少年急急说道："请问老爷，有没有关于我姐姐的消息？"

狄公听罢肃然摇头，曹敏咬咬嘴唇，又冲口说道："此事全都怪我！恳请老爷一定要找到姐姐！我们以前常同去乡间，她很擅长骑马打猎，又极其通情达理，简直不像个女子，应该生成男儿才是。"说罢喉头一噎，接着又道，“我们姐弟俩很喜爱乡下，家父却总是念念不忘城里，但是既然家产已尽——”说到此处，回头朝着曹宅方向不安地望了一眼，急急又道，“小生不该打扰老爷，若是被家父知道了，定会十分恼火！”

“不必多虑，但说无妨！”狄公见曹敏诚挚坦率，不觉心生喜爱，“令姊出阁后，你一定颇觉孤单吧？”

曹敏面色黯然，“回老爷话，姐姐比我更要孤单。她曾对我说过，对那姓顾的并无好感，不过既然有朝一日总得出嫁，况且家父又执意要做成这门亲事，嫁到顾家又有何妨？老爷明鉴，她生性便是如此，虽说有些漫不经心，却总是乐天顺命！但是几日前她回家时，看去却很不快活，跟我一句也不提有关新家的话。不知她到底出了何事？”

“本县正在尽力搜寻，”狄公说着，从袖中取出一方手巾，正是在范家田庄茅棚内拣到的，发问道，“这可是令姊用过的罗帕？”

“回老爷，小生完全不知。”曹敏说着微微一笑，“女子们用的物事，在我看来都十分相像。”

“还有一事，”狄公又问道，“范仲与贵府是否常有来往？”

“他只来过家中一次，说是有事要与家父面议。”曹敏答道，“有时我在田间遇见他，端的是身强力壮，箭法也极精，叫人好生喜欢，还曾教我如何做弩。县衙里那个姓唐的老朽远不及他人物出众，不过常到他的田庄里去。那老唐看人的样子，真是古怪得很哩！”

“且罢，”狄公说道，“令姊一旦有了消息，本县便会尽快告知令尊。再会了。”

狄公回到县衙，命洪亮将淑娘带去三班房中暂坐，等候午衙开堂。

马荣乔泰正在二堂内候命。只听马荣禀道：“我二人在谷仓里找到了血衣和床席，还有一柄镰刀，那妇人的衣物与顾孟宾所述一模一样。我又派了一名衙役去白云寺传话，命他们派人前来认尸。仵作此刻正在验尸，裴九那厮已被关入大牢中。”

狄公点头问道：“唐主簿回衙当差了吗？”

“我们已派人去告知他有关范仲一事，”乔泰答道，“想来即刻就该到了。不知老爷从那老学究口里，可曾听到了什么消息？”

狄公闻言十分惊喜，这还是两条大汉中头一次有人发问，可见对公事颇为上心，于是说道：“没有什么，只是发现那曹鹤仙不但傲慢愚蠢，而且还会扯谎。曹家小姐很可能出嫁前就识得范仲，她的兄弟说她婚后与顾孟宾不甚和睦。但这一出私通案，我觉得仍有不合情理之处，听过裴九和他女儿的说辞，或许会弄得更明白些。此刻我就写一份通告文书，发给全州的官府和兵营，请他们缉拿老吴。”

“老吴要是想卖掉那两匹马，就会被人逮住。”马荣说道，“马贩子们的组织甚是严密，他们彼此互通声气，与官府也有联系，还有一套专门给马匹烙印的特殊标记。若是新手想要将偷来的马匹脱手，绝非一桩易事，至少我一向是这么听说的！”最后言之凿凿地加上一句。

狄公微微一笑，振笔疾书一纸通告，又命衙吏拿去抄录，并立即发往各处。

这时只听三声锣响，马荣赶紧助狄公换上官服。

范仲身亡的消息已经传开，大堂内挤满了前来听审的百姓。

狄公发签命狱吏提人，裴九被带到堂上。狄公命他重述了一遍口供，书办一一录下，又高声宣读一遍，裴九确认无误，并在笔录上按过指印。狄公宣道：“裴九听着，即使你所述句句属实，当初发现出了人命后，不但未能及时报官，还企图藏尸隐瞒，此番行径亦有错处，暂且羁押几日，等候本县发落。如今且来听听仵作的尸报。”

裴九被带下堂去，沈大夫走上前来跪下，开口说道：“启禀老爷，死者确为县衙书办范仲，小民已仔细验过尸身，确系被一柄利器猛然割断喉咙而死。和尚的尸身由白云寺首座慧本前来认过，道是寺内的一名施赈僧人，法名叫作慈海。小民也已验过，发现尸身上下全无青紫伤痕，也无中毒迹象，拟断为心病猝发而亡。”说罢起身呈上写好的尸格。

狄公命沈大夫退下，又传裴淑娘问话。

洪亮带着淑娘走上堂来。淑娘经过一番梳洗，看去不无几分姿色。

“我对你说过这妞儿还挺不赖！”马荣对乔泰低语道，“只要把她们放在河里洗洗，就跟城里的娘儿们一样标致了！”

淑娘十分畏惧，经过狄公耐心询问，重述了有关范仲和那女子的情形。狄公又发问道：“你以前可曾见过范太太？”

淑娘摇摇头。狄公又问道：“既然如此，你怎么知道那天服侍过的女子就是范太太？”

“他二人同睡一床，难道还不是范太太？”淑娘答道。

堂下立时爆出一阵哄笑声。狄公猛拍惊堂木，怒喝道：“肃静！”

淑娘难堪地垂下头去，狄公一眼瞧见她别在发间的头梳，于是从袖中取出在农舍卧房里拣到的那一枚来，样式却是一模一样。

“淑娘，抬头看这发梳，”狄公说着，将发梳举在手中，“本县在田庄附近找到的，是不是你的东西？”

淑娘嫣然一笑，一张圆脸上漾出喜色，心满意足地自语道：“原来他果真弄到了一把！”忽又面露惊恐，忙用衣袖捂住嘴巴。

“是谁弄来要给你的？”狄公温颜说道。

淑娘眼中涌出泪来，叫道：“要是让爹爹知道了，一定会打我的！”

“淑娘，你瞧，”狄公说道，“如今你在公堂之上，本县有话问你，你就得回答。你爹爹已是有罪在身，你若是说出实话，对他也有好处。”

淑娘连连摇头，倔强地说道：“这不关我爹的事，也不关老爷的事，我不说。”

“快招！不然就让你尝尝这个！”班头举起鞭子冲淑娘吼道，吓得淑娘尖叫一声，随即大哭起来。

“住手！”狄公冲班头喝道，心中十分不快，转头望向两名亲随，只见马荣拍拍胸口，似有疑问，狄公思忖片刻后，点头示意。

马荣立时快步下了高台，走到淑娘身边，对她低声说了几句。淑娘很快止住哭声，频频点头。马荣又低语几句，轻拍她的后背以示鼓励，冲狄公挤眼示意，随即回到原位站好。

只见淑娘用袖子揩揩脸面，抬头说道：“约摸一个月前，我与阿广在地里干活，他夸我眼睛长得俊，后来去谷仓里吃粥时，他又夸我头发长得好。那天爹爹去了集市，正巧不在家中，我便与阿广上了阁楼，然后——”略停片刻，决然说道，“然后我们就待在那里了！”

“且慢，”狄公问道，“这阿广是什么人？”

“老爷不知道阿广？”淑娘吃了一惊，“人人都认得他！地里活计多的时候，他常在白天帮人打短工。”

“他可说过要你嫁他的话？”狄公问道。

“倒是说过两遭，”淑娘得意地答道，“但我并没答应，想都别想！我跟他说，我要嫁个手里有田地的主儿，前几日还告诉他以后不许夜里再来偷偷私会。我眼看就要满二十了，女儿家总得为自己的终身打算。阿广说他倒不计较我嫁给别人，但若是另有相好，他便会一刀割断我的喉咙。有人说他整天偷鸡摸狗，又无家无业，但他确实很中意我哩！”

“那这头梳又是怎么回事？”狄公问道。

“他这人还真是很有一手。”淑娘想起往事，不觉微微一笑，“上次我们遇见时，他说要送给我一样称心的玩意儿，好让我能记着他，我就说想要一把发梳，和头上戴的这个一模一样，他答应一定给我弄来，哪怕跑到城里去集市上找个遍！”

狄公点头说道：“就问这些。淑娘，你在城里可有地方暂住几日？”

“姨妈家就在码头边上。”淑娘答道。

洪亮带着淑娘离开大堂后，狄公冲衙役班头问道：“你可听说过阿广这人？”

“回老爷，那厮是个凶狠的无赖。”班头立即答道，“半年前，他打昏了一个乡下老头儿并抢走钱财，因此被带到衙里抽了五十鞭。两个月前，西门附近的一家赌馆里有人吵嘴斗殴，掌柜因此送了性命，我等疑心也是他做下的案子。阿广平时居无定所，要么在野树林子中过夜，要么在主家的谷仓里。”

狄公靠坐在椅背上，把玩着手里的头梳，半晌过后，方才坐起宣道：“本县已查看过命案现场，又听取了各方证词，现已断定，范仲与一衣着与顾曹氏相同的女子，于本月十四日夜里被阿广所杀。”

堂下立时发出一阵惊讶的低语声。狄公一拍惊堂木，又道：“此案另有一节，即首先发现命案的是范仲的男仆老吴，此人随即盗去范仲的钱箱，并牵了两匹马逃走。本县将派人捉拿罪犯阿广及老吴归案，并继续追查与范仲同行的女子的身份，还有其尸身的下落，以及和尚慈海与本案的关联。”说罢再拍惊堂木，宣布退堂。

狄公回到二堂内，对马荣说道：“你好生送那裴九的女儿去她姨母家。有一个女子失踪，已经够你我忙碌的了。”

马荣退下后，洪亮皱眉说道：“适才老爷在午衙上的结语，令我甚为不解。”

“我也一样！”乔泰附和道。

狄公先喝过一盅茶，方才徐徐说道：“听过裴九所述，我便断定老吴并非凶手。假如他当真预备杀人劫财，来回州府的路上尽可以下手，机会更多且不易被人发觉。其次，老吴是城里人，更可能用匕首而不是镰刀。使不惯镰刀的人，很难用它作为称手的凶器。再次，只有在田庄里干活的人，才会知晓镰刀收在何处，因此摸着黑也能拿到。

“老吴发现出了人命后，便盗走钱箱与马匹，是因为生怕被牵连进去，且又十分贪财，眼见有机可乘，于是生出邪念。”

“老爷说得很是合情合理，”乔泰说道，“但是阿广为何要杀死范仲？”

“此乃一场误杀。”狄公解释道，“阿广弄到了应许给淑娘的头梳后，那天晚上便去会她，没准盘算着献上此物，便能又得逞一回。他与淑娘定是约下过某种暗号，藉以知会彼此，但是那晚阿广去谷仓时，看见卧房内亮着灯光，此事非同寻常，于是他推窗偷窥，半明半暗之中，隐约看见有两人并卧在床，便认定淑娘又结新欢。他本就性情凶暴，立时便去存放农具的大箱里抄出一把镰刀来，跳窗入室，割了二人的喉咙。我在窗下拣到的头梳，正是从他袖中滑落的。至于他逃走之前是否发觉自己杀错了人，尚且不知。”

“多半他很快就发现了！”乔泰说道，“我很清楚那一类人！他们在开溜之前，一定会先瞧瞧屋里有没有值钱的东西可拿，定是再一看两个死鬼，才发现女的并不是淑娘。”

“不是淑娘，又是何人？”洪亮发问道，“还有那和尚，又是什么来历？”

狄公拧起两道浓眉，说道：“须得说尚且毫无头绪。虽然从衣着服饰、所骑的白斑马和失踪的时间等看来，那女子确是顾太太无疑，不过从她父亲与兄弟的言语中，我对她的品性颇有了几分了解。要说她待字闺中时便与范仲有了私情，并且出阁后仍有来往的话，未免与她的性情不符。还有，曹鹤仙即便十分自私，对于女儿失踪一事如此漠不关心，也显得有悖常情。我疑心曹鹤仙深知那被杀的女子并非他的女儿。”

“那女子有意不让裴九和淑娘看清她的模样，”洪亮沉思道，“可能由于当真就是顾太太，因此不愿被人认出。她的兄弟说过，姐弟二人曾常去田间游猎，想必裴九父女都见过她。”

“确实如此，”狄公叹息说道，“即使真是顾太太，裴九看见她时正好满脸血污，一定也认不出来！关于和尚一事，午膳后我将去白云寺走一趟，探探虚实。洪亮，你让守卫预备好官轿待命。乔泰，你和马荣午后出去打探阿广的下落，尽早将他缉拿归案。昨天你二人说过要替我抓个凶犯回来，如今正是大好机会！还可去那古庙里仔细搜一搜，若是有人盗走了那妇人的尸身，想必也走不多远，保不定就藏在那古庙里。”

“我们定能捉住阿广，回来献给老爷！”乔泰信心十足地一笑，起身告退。

这时一名衙吏捧进午饭，狄公刚刚举箸，却见乔泰忽又折回，“启禀老爷，方才我经过大牢时，不经意瞥了一眼用来停尸的隔间，却瞧见唐主簿坐在范仲的尸身旁，正握着死人的手泪流满面哩。那饭铺老板说过老唐异于常人，想来就是说的这事了。看了着实叫人心中不忍，老爷此刻还是别去的好。”说罢离开二堂。

第十一回

访高僧再入白云寺
享美食初临大蟹庄

THE

CHINESE

GOLD

MURDERS

官轿往东门而去。狄公一路缄默无语，唯独经过横跨清溪的彩虹桥时，指点洪亮看那前方的白云寺。只见碧山映衬之下，汉白玉山门与宝蓝琉璃瓦铺就的檐顶十分夺目，景致煞是幽美。

轿子上了石阶后，在一处有敞廊环绕的庭院中稳稳落地。知客僧上前恭迎，狄公将大红名帖递上，那老僧说道："法师刚刚做完午课，老爷请随我来。"

老僧引着狄公与洪亮穿过三座大殿。大殿依着山势而建，一座高过一座，有雕刻精美的汉白玉石阶连通彼此。

在藏经阁后方，有一道陡峭的台阶，直通向一方狭长的平台。这平台建在青苔密布的山石上，由人工凿出，狄公听见汩汩的流水声，开口问道："此地可是有一眼泉水？”

“回老爷，正是如此。”老僧答道，“泉水从这下面的岩石间涌出。四百年前，本寺的开山祖师正是在此地发现了弥勒佛祖的圣像，如今那圣像就供奉在深谷对面的神龛里。”

狄公这才看见平台与峭壁之间有一道峡谷，约摸五尺来宽，上面架着一座小桥，由三块木板横接而成，桥对面有一个幽暗的洞口。

狄公走上木桥，朝下张望。只见这峡谷约有三丈来深，一道清涧在犬牙交错的大石间奔流而过，氤氲的雾气从谷底升腾而上，十分清凉宜人。桥对面的洞中有一座金色格栅，里面垂着猩红帘幕，不消说掩在其中的定是至尊圣物，即弥勒佛像了。

“那平台走到尽头，便是本寺住持的居室。”老僧说着，引路走到一幢小楼前。只见这楼阁坐落于古树环合的浓荫之中，上有飞檐斗拱，甚是华美。老僧进去通报后，请狄公入内，洪亮便坐在外面的石椅上歇息等候。

屋内摆着一张精美的乌木雕花长榻，上面设有大红丝绸软垫，只见一个矮小圆胖的僧人盘膝坐在正中央，身上裹着一领宽大厚硬的金锦僧袍，头皮剃得精光，正是白云寺住持海月法师。海月低头行礼后，示意狄公在长榻前的一张雕花扶手椅上落座，又转身将狄公的名帖恭奉至榻后的壁龛内。几面墙上悬着厚重的丝绸帘幕，上面绣有关于佛祖生平的图像，室内弥漫着一股浓重的异国熏香气味。

老僧端出一张小小的紫檀茶几，摆在狄公的座椅一侧，又沏上一杯香茶。海月待狄公呷了一口，方才开言说道："贫僧拟于明日前去县衙拜会，不想老爷竟率先驾临，令贫僧惶恐之至，此番厚意，实在愧不敢当。"说话时声如洪钟，出人意表。

海月直视着狄公，硕大的两眼中尽显温和友善。狄公虽然笃信儒家，一向对佛教鲜少共鸣，此时也不禁心中暗赞这海月法师品格超迈、气度不凡，于是顺口称颂了几句白云寺的格局景致。

海月举起圆胖的手掌，说道：“凡此种种，全要仰仗弥勒佛祖的大慈大悲。四百年前，佛祖屈尊驾临人世，显灵于一座五尺来高的檀木盘膝坐像之上。本寺的开山祖师在石洞中发现此像，于是修建了这白云寺，以守护我华夏古国的最东方，并庇佑水手船工们出海平安。”说罢手拨琥珀珠串，轻声念了几句佛，接着又道，“敝寺即将举行一场庆典，贫僧正想恭请老爷赏光驾临。”

“本县不胜荣幸。”狄公点头还礼，“却不知是何庆典？”

“顾孟宾先生一向虔心向佛，”海月答道，“发愿要仿造一座同样大小的弥勒圣像赠予东都白马寺，必得完成如此一桩大功德而后快。他请的方师傅，乃是山东境内技艺最精的佛像匠人，先来寺中画了图样，又细细丈量一番，然后在顾宅中花了二十日，用杉木雕成坐像。顾孟宾对方师傅待若上宾，完工后还设宴相庆，请方师傅坐了首席。今日一早，顾孟宾已派人将杉木佛像送至敝寺内，装在一个精美的紫檀木盒中。”

海月点头微笑，显见得兹事体大非同小可[1]，接着又道：“一旦择定吉日，杉木佛像便会在敝寺开光，军营统领答应将派出一队兵士护送至京城。举行开光庆典的日期时辰择定后，贫僧必会预先告知老爷。”

“启禀大师，吉日已经选好，”狄公身后响起一个深沉的声音，“就在明日晚间，二更天的亥正三刻。”

只见一个身材高大丰壮的僧人走上前来，海月口称这便是白云寺的首座慧本。

“今日一早，可是你亲去县衙中认尸？”狄公问道。

慧本肃然点头，说道：“回老爷，那慈海确是本寺的施赈僧人。至于他为何三更半夜跑去恁远的地

1 “海月点头微笑……非同小可”在荷文本中为“海月示意一下，老僧连忙为狄公再度斟满茶水。狄公品茶时，心中暗想海月的话中流露出一片朴素诚挚的虔敬之意，着实令人起敬”。

方，我等实在不知。想来许是哪个农夫请他去那里做善事，不料路遇劫匪。老爷可是已有了线索？”

狄公缓捋颊须，答道：“想是有个不知名姓的第三人，千方百计想要隐匿那具女尸，慈海不巧经过，那人便想夺了袈裟包裹女尸，你也见到慈海身上只穿着贴身衣裤。想必二人有过一场厮斗，结果慈海心病猝发而亡。”

慧本闻言点头，又问道：“老爷有没有瞧见慈海的手杖落在尸身附近？”

狄公回思片刻，干脆答道：“没有！”话一出口，却忽然记起了一桩怪事：曹鹤仙意外出现在桑林中时，本是两手空空，但是自己追上他同去道旁时，曹鹤仙却持着一根长手杖。

“贫僧正好另有一事要报知老爷，”慧本说道，“昨天夜里，有三名歹人溜进本寺，守门僧看见他们翻墙逃走，等到鸣锣告警时，那伙贼人已经跑入林中没了踪影。”

“本县即刻便去调查，”狄公说道，“能否描述一下那几人的样貌衣着？”

“夜里一片漆黑，守门僧看得不甚真切，”慧本答道，“不过说是均为彪形大汉，其中一人还留着一副乱蓬蓬的大胡子。”

“那守门僧若是能看得再仔细些，定会更有助益。”[1]狄公不由浑身一紧，“他们可偷去了什么财物不曾？”

“那几个歹人对本寺的格局不甚明了，”慧本答道[2]，“只摸进后殿乱翻了一气，那里不过停放着几口棺材罢了！”

“万幸万幸。”狄公议论了一句，又转头对海月说道，“本县蒙此盛意，明晚一定届时前来。”说罢起身道别，慧本与老僧引着狄公洪亮行至官轿前。

1 此句不见于荷文本。

2 在荷文本中，此处为“慧本说着嗤笑一声”。

又经过彩虹桥时，狄公对洪亮说道：“据我想来，马荣乔泰在天黑之前不会回衙，此刻不妨去北门外的船厂和码头走一遭。”

洪亮向轿夫传话，于是一路朝北，走上城内另一条店铺云集的热闹大街。

北门外一派繁忙景象。船厂上立着几艘旧船，下面用木头撑起，许多打赤膊的工匠正在船身上下里外来回奔走，号令声和钉锤声响成一片。

狄公还是头一次来到船厂，一边在人群中穿行，一边饶有兴致地四处看觑。走到尽头时，只见一艘平底大船侧倒在地上，六名工匠正在下面用干草点火，顾孟宾与金桑站在一旁，正与工头说话。

顾孟宾一见狄公与洪亮，连忙打发了工头，跛行着迎上前来。狄公好奇地询问工匠们为何点火。

“回老爷，这是小民最大的海船之一，”顾孟宾解释道，“如今放倒在地，将日久附集在龙骨上的野草藤壶等物烧去，不然便会减低船速，清除之后，工匠们再将板缝重新胶合。”狄公走近几步，意欲细看，却被顾孟宾拽住手臂，“老爷不可靠得太近！几年前，一根木梁被烧得松动，结果掉了下来，正砸在小民的右腿上，断处没有愈合好，从此就不得不靠这竹杖支撑行走了。”

“你这竹杖煞是美观，”狄公赏鉴道，“这种江南出产的斑竹，此地十分少见。”

“老爷所言甚是，”顾孟宾面露喜色，“夸奖过的人真不少哩。只是此种毛竹制成手杖，未免太过单薄，因此我非得将两支并在一起才合用。”又压低声音说道，“小民去过衙里听审，老爷查出的种种情形，令我甚为烦心。拙荆所作所为，实在骇人听闻，真是我顾家的奇耻大辱。”

“顾先生先不要遽下断语。”狄公说道，“本县在大堂上特意申明过，那女子究竟是何人，如今尚未查明。”

“老爷如此用心审慎，小民感激不尽！”顾孟宾连忙称谢，又迅速瞥了金桑和洪亮一眼。

“你可认得这方罗帕？”狄公问道。

顾孟宾见狄公从袖中抽出一条绣花丝织手巾，凑上前去匆匆一瞧：“认得认得。小民曾买了一整套手巾送给拙荆，这正是其中的一块。不知老爷从何处得来？”

“原是本县在古庙附近的道旁拣到的，想来——”狄公说了半句，忽然噤口不言，想起自己忘了询问海月那古庙是何时何故荒废的，于是对顾孟宾发问道，“你可听说过有关那古庙的传闻？据说里面还闹鬼，自然都是些无稽之谈。不过，若是当真有人夜间出没的话，本县须得查看一番。很可能白云寺内有些僧人行为不轨，偷偷溜去那里，做些不可告人的勾当。如此一来，便可解释死去的和尚为何出现在范家田庄附近，或许他正是在去古庙的半路上！看来本县最好再去白云寺一趟，向海月或是慧本问个清楚。海月法师还提到顾先生的虔心善举，明晚便举行开光庆典，本县亦会欣然出席。”

顾孟宾深深一揖，“老爷吃顿便饭再去不迟。码头那边有家上好的饭馆，水煮大蟹最是有名。”又转头对金桑说道，“你且自去行事，心中该有数吧。”

狄公意欲立时便去白云寺，转念一想，与顾孟宾长谈一回可能也会有所助益，于是命洪亮先回县衙，自己跟顾孟宾同行。

饭馆是一处临水的华丽楼阁，此时暮色降临，狄公与顾孟宾进门时，檐下的彩灯已经点亮。二人在朱漆栏杆边坐定，凉风习习，拂面而来，河上的船只来来往往，船尾亮着各色灯光，景象煞是宜人。

伙计送上一大盘热气腾腾的鲜红螃蟹，顾孟宾为狄公掰开几只，狄公用银签剔出雪白的蟹肉，蘸了姜醋送入口中，果然十分美味，又饮了一小杯黄酒，方才开言说道：“适才在船厂交谈时，顾先生似乎认定范家田庄里的女子便是尊夫人。因为金桑在旁，有一句话不便相询，你认为尊夫人红杏出墙，可有什么根据不曾？”

顾孟宾眉头紧蹙，过了半晌方才答道：“回老爷，小民一时糊涂，娶了个家世背景完全不同的女子为妻，因此铸成大错。我虽说家资甚富，却是胸无点墨之人，这次非娶个书香门第的小姐，也是一片争强好胜之心使然，然而却是大错特错了。新婚才不过三天，我已看出她对新家并无好感。虽然我一力俯就，试图彼此诚心以见，却是徒劳无功，”说到此处，忽然语带酸辛，“她自觉饱读诗书，因此跟了我是屈身下嫁，没准出阁前有过的私情——”说着嘴角抽动几下，举杯一饮而尽。

“身为局外人，对于夫妻间的微妙家事，实在无从置喙。”狄公说道，“本县相信你自有道理，但确实无法断定与范仲同行的女子就是尊夫人，况且她是否被害身亡亦是不明。至于尊夫人是否可能卷入什么纠纷之中，你该是比我要清楚。若是果真如此，奉劝你当下说明，既是为她好，亦是为你好。”

顾孟宾迅速瞥了狄公一眼，狄公分明觉察出他的目光中流露出一丝恐惧，但口中仍镇定说道："小民知无不言，已经尽告老爷了。"

狄公起身说道："眼见河上已是雾气迷蒙，本县还是即刻回去的好，多谢顾先生一番盛情款待！"

顾孟宾将狄公送至轿前。轿夫抬起官轿，横穿全城去往东门，一路上走得飞快，人人急着赶紧交了差好去用饭。

白云寺的守门僧见狄公去而又返，不由得惊诧莫名。[1]

天王殿前空无一人，后面大雄宝殿内传来一片嗡嗡的诵经声，众僧显然正在做晚课。

一个面目阴沉的年轻和尚走来，告知狄公说海月与慧本正领着众僧做课，请狄公先去海月的居室内用茶。

---

1 此段不见于荷文本。

二人默默穿过空寂的庭院。快到菩萨殿时，狄公突然停住脚步，出声叫道："后殿失火了！"

只见大股浓烟卷着火舌，正从地面冒出，在空中不断翻滚升腾。

和尚微微一笑："那是为了预备要焚化慈海的尸身。"

"本县还从未见过焚尸，不妨去瞧上一瞧。"狄公说罢，正要走上台阶，不料手臂却被拽住。

"此典仪外人不得观看。"那僧人说道。

狄公一拂衣袖，冷冷斥道："念在你年幼无知的分上，姑且不予追究。切记此刻站在你对面的乃是本县县令，还不前头引路。"

后殿前的空地上，一只敞口大炉内生着旺火，唯见一名僧人正在用力拉风箱，身旁放着一只陶罐，炉边还有一口长方大箱。

"尸体在何处？"狄公问道。

"就在那紫檀木箱里。"和尚愠怒答道，"今日午后，衙里派人将尸身送来，焚化之后的骨灰会收在罐内。”

一股热浪迎面扑来，使人不堪。

“领路去海月法师的居室。”狄公命道。[1]

年轻僧人引着狄公走上平台，便告辞去寻海月，似乎全不记得献茶一事。狄公倒也不以为意，独个儿在平台上踱来踱去，刚刚领略过焚尸炉边炙人的灼热，此刻迎面飘来从深谷中逸出的湿气，自是格外凉爽悦人。

这时突然传来一声低低的尖叫。狄公静立谛听，却只闻得谷底的潺潺水声。又是一声尖叫，音调渐高，随即转为低吟，直至沉寂，正是从那供奉弥勒佛像的山洞方向传来。

狄公快步踏上直通洞口的木桥，刚走了两步，却猛然止住脚步。一片迷蒙的薄雾之中，只见死去的王

---

1 在荷文本中，此段为：“狄公转身沿阶而上。”

县令正立在桥对面。

狄公驻足呆望，只觉一阵恐惧攫住心脏。那鬼魂仍是一身灰袍，眼眶里似是空洞，茫然瞪视前方，凹陷的面颊上显出点点尸斑，令人惊骇欲绝。只见它慢慢举起一只透明的枯手，一边指向桥下，一边缓缓摇头。

狄公低头去看鬼手所指之处，只瞧见几块阔木板，抬头再看时，鬼魂似已消散在雾中，不见了踪影。

狄公浑身一竦，打了长长一个冷战，伸出右脚，轻踩一下桥面中间，那块木板立时脱坠下去，只听“哗啦”一声响，跌碎在三丈来深的谷底岩石上。

狄公望着脚前的断桥，默默呆立半晌，方才缓步退回，抬手揩去额上的冷汗。

“烦老爷久等，小僧深感抱歉。”只听有人说道。

狄公转头一看，却是慧本立在身后，于是抬手指着桥断处，一言不发朝他示意。

“小僧已向海月法师说过数次，”慧本恼怒地说

焚尸炉内烈火熊熊

道，“那几块朽坏的板子须得更换，否则不出几日，定会酿出大祸来！”

“的确只差一点就酿出大祸，”狄公冷冷说道，“幸好本县走到桥边略停了一下，只因听见石洞里传出叫声。”

“回老爷，那不过是几只鸱鸮罢了，”慧本说道，“它们不巧在洞口附近筑了巢。海月法师还得礼佛祝祷，一时脱不开身，小僧可否为老爷效劳一二？”

“那就有劳你了，”狄公答道，“还望代本县向海月法师致意则个！”说罢转身朝石阶走去。

第十二回

错杀二人至死不悟
追查行迹仍旧无踪

马荣将淑娘送至她的姨母家，不料老妇人十分欢喜，非要留下马荣吃粥不可。乔泰在三班房内等候半日，与班头一起吃了饭。马荣刚一回来，二人便一同骑马出去。

走上大街后，马荣说道：“你可知道我临走时，淑娘对我说了什么话？”

“说你是个大大的好汉。”乔泰随口答道。

“老兄对女人家果然一窍不通，”马荣傲然说道，“她们心里想着一套，嘴上却不肯直说，起码初识时候常是如此。淑娘说我人很和善哩。”

“老天爷！”乔泰惊叫道，“你？和善？这可怜见的傻丫头！不过我倒不必担心，既然你手里没有几亩田地，就根本没有机会，只是痴心妄想罢了。她想要什么东西，你也听见过的。”

“但我还有别的东西。”马荣喜孜孜说道。

“奉劝你脑子里先把女人放下，”乔泰咕哝道，“班头告诉我不少关于阿广的事，我们想要寻到他，不能只在城里转悠。他只是偶尔进城来喝酒赌钱，并不长住，在乡下才是如鱼得水，必有藏身之处。”

“既然那厮是个乡巴佬，想必不会离开蓬莱，”马荣说道，“一定是去了城西的林子里。”

“为何一定是城西？”乔泰问道，“眼下他仍以为那起人命案扯不到他的头上。换了我的话，就会在附近找个地方暂且躲避几日，探探风声再说。”

“那样说来，我们不如先去古庙里查看一番，”马荣说道，“正好一举两得。”

“难得你言之有理一回，”乔泰挖苦道，“我们这就前去。”

二人从西门出了城，骑马沿着官道下去，直走到位于岔路口的兵营值房，将马匹留在那里，然后步行至古庙，一路靠左而行，为的是隐在树后不被人发觉。

行至破败的山门前时，乔泰低声道：“我还听班头说，阿广虽十分蠢笨，却很会穿林潜行，也很会打架，使起刀子来出手狠毒，所以你我还是小心为妙。若是他果真藏在庙里，摸进去时可别让他看见。”

马荣闻言点头，蹑手蹑脚钻入山门旁的灌木丛中，乔泰紧随其后。

二人在茂密的林中费力走了半晌，马荣举手示意，又轻轻拨开树枝，冲乔泰点点头。二人一同仔细打量，只见庭院内苔藓丛生，对面立着一座大殿，石墙看去久经风雨剥蚀，一道残破的石阶直通向黑洞洞的殿门，门板早已不见踪影，四周寂静无声，只有几只白色的蛱蝶在长草间扑棱棱上下翻飞。

马荣拣起一块石头，对着高墙掷去，咔啦几声掉在台阶上。二人一边静等，一边紧盯着殿门。

“我看见里面有动静！”乔泰低声道。

“我先进去探探虚实，”马荣说道，“你绕到侧门再进来，如果谁发现什么东西，就打个唿哨。”

乔泰朝灌木丛右边挪去，马荣则朝左而行，估算着快到大殿的左角处时，方才钻了出来，贴着高墙小心地行至石阶前，侧耳细听片刻，周围静悄悄的，于是快步上了台阶，进入殿内，又背靠门边的墙壁站定，待两眼逐渐适应了暗处，方才看见大殿内除了靠墙的旧神坛外空无一物，四根粗大的柱子支撑起屋顶，天花板上有横梁彼此连接。

马荣离开藏身之隅，朝神坛旁边洞开的一扇小门走去，经过大柱时，只觉头顶微风扫过，脚下迅速闪过一旁，抬头去看时，却见空中飞下一条黑影，正撞在自己左肩上。

马荣重重倒地，浑身上下跌得生疼，那企图偷袭他后背的大汉也跌在了地上，却抢先一步翻身爬起，站稳脚跟又跳上前来，意欲扼住马荣的脖颈。马荣飞起两脚踹在那人的小腹上，将他凌空过顶踢了出去，正待站起时，那人竟又扑将上来。马荣看准他的大腿根一脚踢去，不料对方迅速闪开，直扑到跟前死命抱住马荣的上身不放。

二人大口喘着粗气，都想勒住对方的脖颈。那大汉虽与马荣一般高大粗壮，却并非行家里手。马荣渐渐逼他朝供桌边退去，显得似是无法将手臂从大汉的紧箍中挣脱出来。当那人后背碰到供桌一角时，马荣突然挣出两臂，从对手腋下穿过并扼住他的脖子，努力踮脚站起，手上使力，迫得对方上身朝后倾去。待那人两手完全松开时，马荣全身压上，朝前猛推。只听一声闷响，大汉全身一软，再无力气。

马荣松开两手，让大汉就地倒下，自己气喘吁吁地站定，低头看去时，只见那人定定躺在地上，双目紧闭。

忽然，那人动动双臂，做了个古怪而无力的姿势，重又睁开两眼。马荣蹲坐在他身旁，心知这人快不行了。

大汉用一双小眼冷冷盯住马荣，干瘦黝黑的脸面抽动几下，口中咕哝道："我的腿动不了！"

"须是怪不得我！"马荣说道，"看你这情形，咱们扯不了几句，不如明说了吧。我乃是县衙里的差人，你就是阿广，对不对？"

"你合该烂在阴曹地府里！"阿广说罢呻吟起来。

马荣走到门口打个唿哨，又回到阿广身边坐下。

一时乔泰奔进门来。阿广看在眼里，开口咒骂几句，又低声说道："你那招投石探路再老套不过。"

"你那招泰山压顶也不新鲜。"马荣反唇相讥，又对乔泰说道，"他挺不了多久。[1]"

"至少我宰了淑娘那贱婊子！"阿广咕哝道，"又找了个相好寻欢作乐，居然还躺在东家的大床上！对我来说，阁楼里的干草堆已经够舒服了！"

"你黑灯瞎火的看走了眼，"马荣说道，"不过我

---

1 在荷文本中，本句之前还有"他的脊骨已断"。

也不与你啰嗦这些了，阎王爷自会对你原原本本道个明白。”

阿广闭目呻吟，喘气说道：“我身子骨结实，死不了！兄弟，我没弄错，那一刀就割断了她的脖子，都切到骨头上了。”

“你倒是很会使镰刀，”乔泰开口说道，“和她睡在一起的是谁？”

“这我可不知道，我也管不了这许多。”阿广紧咬牙关，喃喃说道，“他也吃了一刀，血从喉咙里直喷出来，还溅了淑娘一身，这小娼妇活该有此报应！”说罢咧嘴想笑，忽然浑身一颤，面色变得死灰。

“还有谁在这里出入过？”马荣随口问道。

“实话告诉你这蠢货，除了老子我，再没别人。”阿广咕哝道，突然惊恐地盯着马荣，“我不想死！我怕！”

马荣乔泰默默注视着阿广，神情肃然。

阿广嘴角歪斜着一笑，整个面目变得扭曲，手臂抽动几下，终于不再动弹。

“这厮到底还是死了，刚才差点要了我的命。”马荣嘶哑说道，站起身来，“他平躺在一根高高的横梁上，伺机偷袭，但是跳下之前弄出了一点响动，我这才闪开了半步，还好为时不晚。要是让他撞个正着，定会让我的脊背断成两截！”

“如今是你让他的脊背断成了两截，算是打个平手。既然老爷吩咐过，我们就在这庙里四处搜搜。”

二人一路看过中庭与后院，连空禅房和庙后的小树林也没漏掉，可惜除了几只惊散的田鼠外，仍是一无所获。[1]

二人又回到大殿内，乔泰若有所思瞧着供桌出神，说道：“有件事你可记得？这供桌后常有一个深窖，和尚们在兵荒马乱时用来藏些银烛台铜香炉之类。”

---

1 在荷文本中，此处还有：“他们格外留神细看树下可否掩埋过东西，但是未见一丝痕迹。”

马荣点头说道："最好瞧上一瞧。"

二人将供桌推开，后面的砖墙下果然有个很深的窨子。马荣弯腰朝里细看，咒骂一声，愤愤说道："这里面竟然塞了一堆和尚用的破禅杖。[1]"

二人从山门出来，走回兵营值房，对那管事的什长道是阿广已死，并嘱他派人将尸身送去县衙，然后上马回城，进西门时，天已完全黑了。

行至衙院门前，二人正遇见洪亮。洪亮道是刚从船厂回来，老爷留在那里与顾孟宾一道用晚饭。

"今天我吉星高照，"马荣说道，"不如请你们两位去九华庄，美美地吃上一顿再说。"

三人一进饭馆，却见白凯与金桑同坐在角落里，面前摆着两大壶酒。白凯歪戴着帽子，看去兴致甚好，欣然叫道："欢迎几位朋友！过来大家同坐！金桑刚到不久，你们可以助他和我比试比试酒量！"

1　在荷文本中，此处还有"多值钱的宝贝！"

马荣走上前去，对白凯厉声说道：“昨晚你醉得不省人事，大大得罪了我们兄弟，还高声唱些下流曲子，搅得人清静不得，非得罚你一回不可，今日酒钱归你，饭钱归我，如何？”

众人大笑起来。掌柜送上几样简单却美味的饭菜，五人喝过数巡。白凯再要一壶时，洪亮起身说道：“我们还是回衙吧，老爷就快回去了。”

“老天！”马荣叫道，“一点不错！我还得禀报在庙里的遭遇哩！”

“你二人到底还是佛光普照去了？”白凯半信半疑地说道，“说来听听，哪家寺庙有幸受了你们的烧香许愿？”

“我们在破庙里捉住了阿广，”马荣说道，“那庙真是荒废已久，里面只剩下一堆破禅杖！[1]”

“这可是至关重要的线索，”金桑笑道，“你家老

---

1 在荷文本中，此处还有“这条线索好生重要！”

爷听了，定会大喜过望！”[1]

白凯见三人要走，正欲离席相送，却听金桑又道：“来来，白兄，你我再稍坐片刻，此处甚佳，不妨多饮几盅。”

白凯犹豫片刻，重又坐下，说道：“也好，那就再来最后一小杯，切记我从不赞成狂喝滥饮。”

“若是今晚我二人再无差事，过后一定再来，”马荣说道，“只想看看你二人如何干那最后一杯！”

三人返回衙院，见狄公正独坐在二堂中。洪亮发觉老爷面色灰暗，显得十分疲惫，但是听过马荣禀报阿广一事后，狄公渐露喜色，开口说道：“如此看来，我对于误杀的推断果然不差，不过那女子仍是下落不明。阿广杀人害命后，立时便逃走了，甚至连钱箱也没拿走，对于后来的事自然一无所知。盗去财物的老

---

1 在荷文本中，此段为：“‘我可不会把如此重要的线索告诉你家老爷！’金桑笑道。”

吴不定见过卷入此案的第三人，等他被捉拿归案时，便可真相大白了。”

“我二人在庙里和周围的林子里到处搜遍，没看见有女人尸首。”马荣说道[1]，“只是在供桌后面，发现了一堆和尚们常用的破禅杖。”

狄公直坐起来，疑惑地问道：“和尚用的禅杖？”

“回老爷，都是些废旧不用之物，”乔泰插话道[2]，“而且全是破的。”

“此事好生古怪！”狄公喃喃说罢，沉思半晌，然后振作精神，对马荣乔泰命道，“你两个辛苦了一天，赶紧回去好生歇息一下。我与洪亮留下再议几句。”

待两名亲随告退后，狄公又靠回椅背，对洪亮讲述了一番在白云寺里险些跌落断桥的经历，最后说

1 在荷文本中，此处为“乔泰说道”。

2 在荷文本中，此处为“马荣插话道”。

道："我再说一遍，这是特意做下的手脚，专为取我性命。"

洪亮担忧地望了狄公一眼，说道："不过，那木板也可能真的已经朽坏，结果老爷放脚上去一踩——"

"并非如此！"狄公断然说道，"我只是试探着轻轻踩了一下而已。"看洪亮一脸不解，又加上一句，"就在我刚要过桥时，看见了王县令的鬼魂。"

这时只听"哐啷"一声，不知哪里的门扇砰然关闭，余音犹自回响。[1]

狄公猛然坐起，怒气冲冲地说道："我明明跟唐主簿讲过，叫人把那扇门修理一下！"一见洪亮惊得面色煞白，便住口不语[2]，端起茶盅送到嘴边，一眼瞥见茶汤上浮着些灰色的碎末，不觉呆望半日，方才缓

---

1 在荷文本中，本段前还有："洪亮面上失色。"

2 "一见洪亮惊得面色煞白，便住口不语"不见于荷文本。

缓放下，低声说道，“洪亮，你看，有人在茶里放了什么东西。”

二人默默看着那些灰色粉末渐渐溶化在热茶里。狄公突然伸手一拂桌面，疲惫的面上露出淡淡一笑，自嘲地说道：“都怪我疑神疑鬼，洪亮。那门刚才猛地一关，将房上的灰泥给震落下来了，如此而已。”

洪亮闻听此言，也长出了一口气，走到茶几前，为狄公重又斟了一杯茶水，方才坐下说道[1]：“那断桥之事不定也是一样，自有合情合理的解释。我实难想象凶手谋害了王县令之后，居然还敢再对老爷下手！至于他究竟是何人，我们尚无一丝头绪，并且——”

“但他对此也不知情，”狄公插言道，“且又不知朝廷派来的查案官会留些什么线索给我，没准以为我现在按兵不动只是为了等待时机。那人无疑正密切注意着我的一举一动，并因为某些言行而视我为绊脚

---

1 “走到茶几前……方才坐下”不见于荷文本。

石。”说罢轻捋几下长髯，接着又道，“如今我要尽量出头露面，引得他伺机再次下手，于是便可能露出马脚来。”

“老爷万不可冒此风险！”洪亮骇然叫道，“那歹人定是心狠手辣，诡计多端，天晓得又在谋划什么新伎俩了！我们甚至不知——”

狄公似是听而不闻，突然起身擎起烛台，断然说道：“洪亮，你随我来！”说罢快步穿过庭院，直奔内宅，洪亮紧跟在后。

狄公穿过漆黑的廊道，一径走到书斋，立在门口，先举起烛台四下打量一番，只见家什物品都在原处未动，方才行至茶炉前，命道：“洪亮，将那把座椅挪过来。”

洪亮将座椅挪到橱柜前，狄公踩上去，秉烛细看房上的朱漆横梁，兴奋地说道：“把你的小刀给我，再拿一张白纸来！替我举着烛台照亮。”

狄公左手捧纸，右手握刀，用刀尖轻刮着横梁表面，然后下了座椅，小心地用纸把刀尖揩净，将小刀还给洪亮，又把白纸折好并纳入袖中，问道："唐主簿可否还在公廨内？"

"回老爷，我过来时，瞧见他还坐在桌前未去。"洪亮答道。

狄公快步走出书斋，行至公廨。只见唐主簿正蜷缩在椅中呆望前方，案头燃着两支蜡烛，看见二人进来，急忙从座中立起。[1]

狄公见他面色憔悴，不无体恤地说道："唐主簿，忽闻下属横遭不幸，想必令你震惊不小，还是回家去早早歇息的好。不过，我想先问你几件事，王县令出事前不久，有没有叫人修缮过书斋？"

唐主簿皱皱眉头[2]，随即答道："回老爷，出事前不久并未修缮过。不过在半月之前，王县令对我道是

1　在荷文本中，本段前还有："'你我且去看看！'狄公说道。"

2　在荷文本中，此处还有"似是难以凝神思索"。

有位访客提起房顶上有一片地方脱了色，还答应会派个漆匠来修补，等那漆匠来做活时，让我过人进来。”

“那访客却是何人？”狄公追问道。

唐主簿摇头答道：“回老爷，小人委实不知。王县令在当地名流中人缘颇佳，几乎人人都拜会过他，常在早衙后去书斋里吃茶闲谈，王县令时常亲自为客人烹茶，比如海月法师，慧本法师，船业主易先生和顾先生，曹先生，还有——[1]”

“想来那漆匠应是有迹可循，”狄公不耐烦地插言道，“蓬莱一带不生漆树，本地的漆匠想必不会太多。”

“正是因此，王县令十分感谢那人的好意，”唐主簿说道，“我们根本不知道当地还有漆匠。”

“你去问问衙内守卫，”狄公命道，“他们理应见过那漆匠！然后去二堂报知于我。”

1　在荷文本中，此处还有“小人亲眼见过，他们先后都曾与王县令一同饮茶”。

狄公回到二堂，在书案旁坐定，对洪亮急急说道："正是掉在茶杯里的灰尘令我茅塞顿开。那歹人瞧见煮茶的热气蒸得房上漆皮变色，皆因王县令的铜茶炉从不挪动地方，于是就想出这么一条毒计来！他让一个同伙扮成漆匠，伪称前来修补房顶，乘机在茶炉正上方的屋梁上钻了一个小孔，放几只小小的蜡丸进去，蜡丸内事先灌好毒药，如此一来便大功告成了！他深知王县令读书兴浓时，常常等到水滚多时，才会走到炉前倒水沏茶，灼热的水汽早晚会将封蜡化开，蜡丸一旦掉进滚水中，立时便会化掉，不留一点痕迹，既简便易行又万无一失！方才我果然发现屋梁上有个小孔，就在漆皮变色处的正中央，边缘还残留着一小块蜡。王县令就是这样被害身亡的！"

这时唐主簿进来禀道："回老爷，有两名守卫还记得那漆匠，说是在王县令出事前大约十天时来过一遭，当时王县令正在主持午衙开堂。漆匠是个高丽人，从码头边的一条船上过来，只会说几句汉话。由于我事先交代过此事，守卫便领他去了书斋，一路跟得很紧，免得那人顺手牵羊拿走什么东西。他在横梁上修补了半日，然后爬下梯子，口中嘀咕着损毁得实在厉害，应将整个房顶都重新刷漆才是，然后便出门而去，从此再没见过。”

狄公听罢，朝椅背上一靠，郁郁说道：“又是死路一条！”

第十三回

兄弟结伴再登花船
情侣欢会不意反目

马荣乔泰兴冲冲地赶回九华庄，正进门时，乔泰欣然说道："这下你我可以美美地喝上一回了！"

二人走入店内，却见金桑一脸不悦，抬手一指旁边，只见白凯埋头伏在桌上，面前摆着一排空壶。

"白兄一气灌下了许多，"金桑懊悔说道，"劝他慢用，他也不听，如今脾气大坏，我也无能为力。若是你二位肯帮忙照看他一下，我这就告辞了。说来好生可惜，那高丽姑娘正等着我们去哩。"

"哪个高丽姑娘？"乔泰问道。

"就是二号花船上的玉素姑娘。"金桑答道，"今晚她告了假，说是要领我们逛逛高丽坊中的几个好去处，连我都闻所未闻的。我已雇了一只驳船，预备载众人过去，还可在河上饮酒作乐。此刻我得去告诉他们，今晚不能成行了。”说罢站起身来。[1]

“既然如此，”马荣机灵地说道，“我二人可以帮你叫醒他，再说明其中缘故。”[2]

“我已经试过了，”金桑说道，“不过有言在先，此时他脾气坏得很哩。”

马荣戳戳白凯的肋条，又揪着衣领拽起，冲他耳边大声叫道：“老兄醒醒！咱们出门喝花酒去！”

白凯睁开一双醉眼望着三人，含混不清地说道：“让我再说一遍，再说一遍，你们真是讨厌透顶！全是一群下流酒鬼，跟你们混在一起，没的玷辱了我。大家从此一刀两断，哪个我都不理了！”说罢重又埋头伏在桌上。

马荣乔泰听得哈哈大笑。马荣对金桑说道：“若是他这么想，你还是随他去吧！”又对乔泰说道，

1 在荷文本中，“说罢站起身来”出现在前文“那高丽姑娘正等着我们去哩”之后。

2 在荷文本中，此段为“马荣已从旁打量了白凯半晌，此时开口说道：‘我们自然可以试试叫醒这醉鬼。我常听说吓人一大跳的话，就会让他清醒过来。’”

"我们就在此处清清静静喝上两杯，到了该走的时候，想必这厮也该醒过来了。[1]"

"只是因为白凯而去不成高丽坊，未免可惜，"乔泰说道，"我们还从没去过那里。金桑，就算没有白凯，你何不带我二人走一遭？[2]"

金桑撇一撇嘴，答道："这可不大容易。你们想必听说过有条不成文的规矩，高丽坊中的事务谢绝外人插手，至于县衙里的差役，除非是里长开口请来帮忙，否则不得擅入。"

"岂有此理！"乔泰说道，"我们可以扮成平常百姓过去，脱了帽子再扎起头发，谁也认不出来。"

金桑面露犹疑之色，马荣却从旁叫道："好个主意，那就走吧！"

三人正要起身，白凯忽然抬起头来。

---

1 在荷文本中，此处还有"据我想来，到时候着实用得着他送我们回家哩"。

2 在荷文本中，此处还有"此店掌柜是我的朋友，定会留神照看他一二"。

金桑拍拍白凯的肩头，劝慰道："你在此处好好休息一阵，等睡到酒醒再起来不迟。[1]"

白凯一跃而起，推翻座椅，手指颤颤地指着金桑叫道："你这背信弃义的好色之徒，明明答应过要带我同去的！别以为我看着像是喝醉了，就来戏耍作弄，休想！"说罢抄起一只酒壶，对着金桑比比划划。

众食客纷纷朝这边观望。[2]马荣咒骂一声，一把夺下白凯手中的酒壶，怒道："真是没法子，我们非得带着他同去不可。"说罢与乔泰一左一右挟起白凯，金桑自去付了酒账。

四人走到外面，白凯又涕泪交流地埋怨道："我难受得很，实在走不动了，只想躺在船上。"说罢索性坐在大街中央。

1　在荷文本中，此处还有"过后我们再来接你"。

2　此句不见于荷文本。

“那可不行！”马荣一边拽他站起[1]，一边得意地说道，“今早我们已经修好了水门，你那进出方便的耗子洞如今堵了个严严实实。劝你还是动一动这身懒骨头，好处多着哩！”

白凯听罢，索性扯开嗓子哭叫起来。

“给这厮雇一乘小轿得了！”乔泰对金桑愤愤说道，“你们先去东门口等着，我二人去跟守卒打个招呼，好让他放行。”

“幸好有你们同来，”金桑说道，“我尚不知铁栅上的缺口已经修过。那就东门口再会。”

马荣乔泰一路朝东而去。马荣斜眼瞅瞅乔泰，只见乔泰一言不发，只管迈步疾走。

“老天爷！你不会又是动心了吧！”马荣忽然说道，“虽说倒不是常常动心，但是一动起来就不可收拾！我跟你说过多少回了，要悠着点儿来，处处留情

1 “一边拽他站起”不见于荷文本。

留不多，如此这般才能尽享其中快活，而不是自寻烦恼。”

“我也是不得已，那姑娘令我十分中意。”乔泰低声道。

“罢了，就随你自便吧，”马荣无奈地说道，“但是过后可别说兄弟我没提过醒。”

二人走到东门，见金桑正在与守卒大声理论。白凯坐在一乘小敞轿上，放声唱着下流小曲，两个轿夫听得乐不可支。

乔泰对守卒道是他二人奉了官府之命，要带白凯去溪流对岸与某人对质。守卒虽然面有疑色，但还是放他们出城去了。

付过轿金之后，四人穿过彩虹桥，在对岸另雇了一条船。这时马荣乔泰将黑便帽摘下塞入袖中，又用一截油绳将头发系住。

只见一条高丽大船停靠在二号花船一侧，两根低矮的桅杆之间悬着一串彩灯。

金桑登上甲板，马荣乔泰挟着白凯，也跟了上去。

只见玉素俏立在栏杆旁，身穿一件高丽印花白绸长裙，用丝带在丰胸下系成一个漂亮的大蝴蝶结，两端飘然垂地，乌发盘成高髻，耳后簪着一朵白花。乔泰瞪大两眼痴痴相望，心中赞叹无已。

玉素浅浅一笑，迎上前来，说道："我竟不知你两个也一道来了，为何头上要缠着那古里古怪的东西？"

"小声点儿！"马荣说道，"可别告诉旁人！我们是乔装改扮后才来的。"又对二号花船的老鸨叫道，"太太快叫我那胖妞儿到这边来！我要是晕了船，还得让她帮忙扶着头哩！"

"去了高丽坊，还愁没有姑娘！"金桑不耐烦地说道，又对三名船夫喊了几句高丽话，于是船夫将驳船推开，划起桨来。

甲板上有张低脚漆案，周围摆着几只丝绸软垫，金桑、白凯与马荣上前盘腿坐下。乔泰正要跟过去，玉素却冲他指指舱门，噘着小嘴说道："你不想瞧瞧高丽船是什么样子？"

乔泰瞥了那三人一眼，只见白凯正在倒酒，金桑与马荣聊得兴起，便走到玉素身边，低声说道；"他们一时没了我也无妨，就跟你去。"

玉素望着乔泰，眼中熠熠有光，乔泰只觉得平生从未见过如此美丽动人的女子。玉素下了楼梯，走入舱房，乔泰也跟着进去。

房内有两盏丝制彩灯照亮，摆着一张低矮宽大的乌木雕花长榻，上面嵌有螺钿为饰，榻上铺着厚密的苇席。板壁上悬有绣花织锦，朱漆妆台上立着一只古雅的铜香炉，里面冒出袅袅青烟，散发出一股略显刺鼻的薰香气味。

玉素走到妆台前，整一整簪在耳后的白花，转头笑问道："你看此处可好？"

乔泰望着玉素，眼中爱怜横溢，忽然感到一阵莫名的痛楚，嘶哑说道：“如今我才知道，你还是穿着本族的衣裙，在自家地界里最中看。奇怪的是高丽女子总穿白衣，对我们汉人来说，纯白正是丧服的颜色。”

玉素连忙凑到近前，伸出纤纤玉指按在乔泰唇上，低声道：“别说这不吉利的话！”

乔泰紧紧搂住玉素，吻上她的樱唇，半日方歇，二人走到榻前坐下，乔泰将玉素拥在身侧，附耳低声说道：“等回到花船上，整晚我都会守着你！”

乔泰想要再度亲近时，玉素却将他一把推开，起身低语道：“你与人相好时，总是恁般冷冰冰的？”说罢解开胸前的蝴蝶结，双肩忽地一抖，长裙滑落到地上，一丝不挂立在乔泰面前。

乔泰跳下地来，抱起玉素置于榻上。

上次欢会时，玉素还颇为拘谨，此时却像乔泰一般火热。乔泰只觉从未如此倾心爱慕过任何一个女子。[1]

---

1 此段不见于荷文本。

一时云散雨收，二人双双并卧。乔泰发觉船行渐慢，心想该是靠近高丽坊的码头了，又听见甲板上传来一阵喧闹，正欲翻身坐起，去拣扔在榻前地上的衣裤，玉素却伸出两条玉臂，从背后环住他的脖颈，悄声说道："别撇下我一个人！"

只听头顶上一声巨响，接着又是怒骂叫喊之声。金桑突然闯进门来，手持一把长刀。玉素骤然使力，双臂如钳子一般死死箍住乔泰的脖颈，对金桑叫道："快干掉他！"

乔泰抓住玉素的手臂，试图挣脱出来，刚刚挣扎坐起，但是玉素全身的份量拖得他重又倒下。金桑冲到榻前，举刀直刺向乔泰胸口。乔泰奋力一扭上身，想将玉素甩开，金桑一刀刺下时，玉素的身子正好横在乔泰前面，于是刀尖便直直插入了她的身侧。金桑拔出刀来，踉跄后退几步，瞪视着玉素雪白肌肤上涌出的鲜血，似是无法置信。乔泰终于甩脱了那两条软绵绵的胳膊，从榻上一跃而起，抓住金桑持刀的右手。金桑回过神来，冲着乔泰面上猛击一拳。乔泰虽被打得右眼无法睁开，却仍用两手握住金桑的手腕用力一拧，使得刀尖掉转方向，指向金桑前胸。金桑又用左手回击时，乔泰使力猛地朝前一送，利刃便深深刺入对方胸口。

乔泰将金桑推到墙边，转头去看玉素。只见她手捂创口，半身犹在榻上，指缝间渗出股股鲜血。

玉素抬头望着乔泰，眼神古怪，双唇翕动，含混地说道："我非这么做不可！我国需要军械，高丽必得复兴！不要怪我——"口唇抽动几下，叫道，"高丽万岁！"随后喘息一声，浑身一阵颤抖，仰面倒下。

乔泰听见马荣正在甲板上高声怒骂，来不及穿上衣裤便奔出门去。只见马荣正与一个身材高大的船夫拼命扭打。乔泰上去一把箍住那人的脖子，用力一扭，待他瘫软下去方才松手，顺势将其抛向船外。

"我已经收拾了一个，"马荣喘息说道，"还有一个定是跳进水里去了。”

乔泰见马荣的左臂上一片殷红，于是叫道：“下这边来，我替你包扎一下！”

金桑仍旧靠墙坐在原地，俊秀的面孔变得扭曲，两眼无神地盯着玉素的尸身。

乔泰见金桑嘴唇翕动，弯腰凑到近前，切齿说道：“军械藏在哪里？”

“军械？”金桑喃喃说道，“哪里来的军械！只是个幌子罢了！专为引她上钩的，她却信以为真。”说罢一阵呻吟，握着刀柄的两手不停抽搐，面上汗泪交流，“她……她……我们都是猪猡！”随即双唇紧闭，血色尽失。

“如果不是军械，那你们究竟在偷运何物？”乔泰急急问道。

金桑刚一开口，只见一股鲜血涌出，呛得他不住咳嗽，勉强吐出两个字，“黄金！”随后浑身一软，歪斜着倒在地上。

马荣盯着金桑与死去的玉素，已是来回打量了半日，心中狐疑不知底里，这时方才开口问道[1]：“那姑娘正要叫你当心时，就遭了这厮的毒手，可是如此？”

乔泰点了点头，迅速穿好衣裤，将玉素的尸身轻轻抱起放在榻中，又用那件白绸长裙覆上。正是丧服的颜色，他心中暗想着，低头凝视玉素平静的面容，轻声说道：“忠心不二……我真不知还有什么能比这更了不起，马荣！”

“好一个哀而不伤！”背后有人徐徐说道。

乔泰马荣急忙转身，只见白凯两肘抵在窗台上，正从舷窗外朝内窥看。

“老天爷！”马荣叫道，“我把你全忘在脑后了。”

“真是不够朋友！”白凯斥道，“我虽说手无缚鸡之力，但也有自己的招数，那就是脚底抹油，方才趁

1 在荷文本中，此处为“马荣问道”。

乱跳下甲板，躲在船身四周的跳板上。”

“那就赶紧回这儿来！”马荣咕哝道，“正好帮忙把我这条胳膊拾掇一下。”[1]

“你这血流得简直像杀猪一般。”乔泰懊悔说道，连忙捡起玉素的腰带给马荣包裹伤口，“怎会弄成这样？”

“说时迟那时快，”马荣叙道，“一个狗头忽然从背后抱住我，我正想低头弯腰把他从头顶上甩下来，不料又上来一个，一脚踢在我小腹上。见他拔出刀来，我心说小命今日休矣，背后那个不知怎的突然手下一松，我赶紧一拧身子，总算躲过了这要命的一刀，只扎在左臂上。然后我用膝盖猛顶对面那人的大腿根，又冲他下巴上结结实实来了一拳，打得他仰面朝天倒在栏杆上。这时我听见一声水响，背后那厮一定是见势不妙便跳船逃走。紧接着又冒出第三个，看

1　在荷文本中，下接还有一段“白凯的脑袋一闪，不见了踪影。”

去人高马大，我正觉左臂挂了彩颇不灵便，可巧你就来了！”

“这样扎住的话，很快就能止血，”乔泰说着，将腰带的两端绕到马荣颈后打了个结，“胳膊就这么吊着。”

乔泰收紧绷带时，马荣脸上一阵抽搐，随后问道：“那醉鬼骚客白相公在何处？”

“我们上去看看。”乔泰说道，“不定他正忙着喝剩酒哩！”

二人出来一看，甲板上空无一人，于是连叫白凯几声。四周雾气迷蒙，一片寂静，唯闻远处传来木桨击水的声音。

马荣愤愤骂了一句，奔到船尾一看，备用的小舟已不见踪影，于是冲乔泰叫道：“这狗娘养的！他也跟着合伙蒙骗我们！”

乔泰咬牙怒道：“等我们捉住那混帐，我非得亲手拧断他的瘦鸡脖子不可！”

马荣朝雾中张望半日，徐徐说道："等我们捉住了再说不迟。可恨白凯已经抢了先机。此刻你我在下游某处，非得花上不少工夫，才能把这船摇回港口去。"

第十四回

狄公详析未遂谋害
女子蒙面现身公堂

THE
CHINESE
GOLD
MURDERS

马荣乔泰回衙时，已近午夜时分。二人将高丽船泊在彩虹桥下，又叫东门守卒派人上船看紧，免得被人动了手脚。

狄公仍在二堂内与洪亮密议，见两名亲随形容狼狈，不禁十分惊异。

听马荣述说此番遭遇时，狄公渐渐转惊为怒，待马荣禀完，从座中一跃而起，反剪两手在地上来回踱步，开口怒斥道："这伙贼人也太猖狂了！就在图谋取我性命之后，居然又想害我手下两名公人！"

马荣乔泰闻听此言，目瞪口呆地望向洪亮，于是洪亮低声简述一番在白云寺内的断桥一事，只是省却了王县令的鬼魂现形一节不提，因为他深知这对英雄好汉天不怕地不怕，唯独只怕鬼怪等物。

"那些狗头布下了圈套，"乔泰沉思说道，"对我二人的偷袭是事先谋划过的，还有九华庄里那一大篇话，更是精心演练过的好戏！"

狄公却似听而不闻，站定沉思半日，方才说道："原来他们是在私运黄金！放出偷运军械的谣言来，只是为了声东击西。但是为何要向高丽私运黄金呢？我一向听说高丽国本就盛产黄金。"说罢恼怒地揪揪胡须，回到书案后坐下[1]，又道，"今晚我与洪亮议论那些歹人为何想要除掉我，想来他们一定以为我掌握了更多内情。但是为何又要加害你们两个？船上的一场恶斗，显然是在你们与白凯金桑道别后就安排好的。不妨回想一下，是不是你们在桌上说过什么话，使得他们起了戒心。"

马荣皱眉思索。乔泰手捻髭须，凝神不语，半晌后说道："不过是些寻常闲话而已，还有几个笑话，

---

1 "回到书案后坐下"不见于荷文本。

除此之外——”说罢郁郁摇头。

“我说过我二人去了破庙，”马荣插话道，“因为老爷在堂上对众人说过要将阿广捉拿归案，所以我想告诉他们在破庙里捉住了阿广也没甚要紧。”

“说没说过与旧禅杖有关的话？”洪亮问道。

“说过，没错！”马荣说道，“金桑为此还取笑了一句。”

狄公拍案喝道：“必是如此！由于某种缘故，那些禅杖十分要紧！”随即从袖中抽出折扇，打开呼呼扇了几下，对马荣乔泰又道，“你们两个对付那些歹人时，为何不能手下留神些？阿广临死前倒是吐尽了实情，那几个高丽船夫既是受金桑指使，想来不过依令行事，没有留下活口倒也无甚大碍。但是如果活捉了金桑的话，恐怕一切难题都已迎刃而解了！”

乔泰抓抓头皮，懊悔说道：“老爷说的是，想到此处，我也觉得若是能生擒他该有多好。不过事情出得太快，还没等我回过神来，就已经打完了！”

“方才所言未免不近情理，全当我不曾说过，”狄公说着微微一笑，“只可惜金桑临死前的情形全被白凯偷偷看在眼里，我们所知的内情，他也通通晓得。若是他不在场，就不会知道金桑是否已将整个阴谋和盘托出，从而十分忧惧。歹人若是心中不安，难免会做出蠢事来，于是露出马脚。”

“我们何不将那姓顾和姓易的船主捉来拷问一番，再给他们吃点苦头？”马荣问道，“企图谋害我二人性命的，毕竟是他们手下两名管事！”

“如今尚无一丝一毫不利于顾孟宾和易本的证据。”狄公说道，“唯一确凿的是高丽人在这场阴谋中扮演了重要角色，既然得知他们要往高丽偷运黄金，这一点也是意料中事。王县令偏偏将要紧的文书托付给了一个高丽女子，实为大不幸之举。那女子肯定将包裹给金桑看过，然后金桑从盒中盗走罪证，不过却不敢毁掉漆盒，只因生怕王县令可能在别处记过此事，注明曾将此盒交与某人保管，若是日后有人问起而那女子又拿不出东西的话，她就会被当作嫌犯捉拿。或许正是因此，王县令的私人文书才会在大理寺档房中失窃。这一干案犯必定有着庞大的组织，甚至在京师里亦有爪牙！[1]他们与范家田庄里失踪的女子多少也有干系，与那自高自大的腐儒曹鹤仙也有关联。我们掌握了不少事实，表面看似互不相关，如今只是缺少能将这些事件贯穿起来的中心线索！”

狄公长叹一声，又道：“且罢，此时已过午夜，你们三人还是回去好生歇息。[2]洪都头，你出去时务必叫醒三四个衙吏，命他们写出捉拿白凯的告示来，罪名是杀人未遂，并附述其身形相貌，再命各处守卒今夜张贴出去，除了衙院门口，还有城内人多热闹的地方。如此一来，天一亮百姓们便能看到。若能捉住

1　在荷文本中，此处还有插入语“狄公端起茶杯，发觉茶水已冷，便又放下，接着说道”。

2　在荷文本中，此处还有：“明日一早，易本和顾孟宾务必前来听审，并讲述有关各自管事的详情，或许我们会有所收获。”

这个狡徒，想必会收获不小。[1]”

次日一早，狄公正在二堂内用饭，洪亮从旁侍奉，忽见班头进来，报曰船业主顾孟宾与易本有要事求见。

“传话下去，”狄公断然说道，“让他们早衙开堂时再来，尽可以当着众人的面说个明白。”

这时马荣乔泰进来，唐主簿跟在后面，看去愈发憔悴不堪，面色灰白，两手颤颤巍巍，吞吐说道：“启禀老爷，这……这真是骇人听闻，小人在衙里行走了一辈子，还从未听说过如此恶行！居然敢偷袭两名官差，实在令人——”

“唐主簿不必担忧，”狄公插话道，“我的两名随从自能应付裕如。”

马荣乔泰听罢面露喜色。马荣已解去吊着的绷

---

1 在荷文本中，“若能捉住这个狡徒，想必会收获不小”一句为“届时派些衙役出去，不过是否会轻易抓获这个狡徒，我并不敢说定”。

带，乔泰的右眼看去稍愈，不过仍是一片青紫。

狄公正在用热手巾揩脸，只听三声锣响，洪亮忙上前帮狄公更衣，一行人走去大堂。

虽然时辰尚早，堂下却已挤满了看众。昨夜高丽船上的一场好斗，已被住在东门附近的百姓传得沸沸扬扬，城内居民也已看到官府缉拿白凯的告示。狄公清点一班衙员时，瞧见曹鹤仙、易本与顾孟宾均站在前列。[1]

狄公刚一拍惊堂木，曹鹤仙便摇晃着一副美髯走上堂来，双膝跪下，激愤说道："老爷在上，昨晚小民家中祸从天降！犬子曹敏深夜时被马嘶声惊醒，正是从门楼旁的自家马厩中传出。他跑出去查看，发现马匹受了惊吓，十分难驯，于是叫醒了看门人，心想许是有夜贼出没，又取了一柄长剑，去房舍四周的树林里搜寻。就在那时，有个庞然大物突然跳上他的

1 "狄公清点……站在前列"不见于荷文本。

后背，指爪直插进肩肉里，他一头栽倒在地，不巧正撞到一块带棱角的石头上，只听见耳后一阵咯吱吱的磨牙声，便人事不省了。幸亏看门人手持火把赶了过来，只瞧见一个黑影闪入林中不见。我等将犬子抬回家中，包好创口，肩膀倒是伤得不重，额头上却有个大口子。今早他先是清醒了半日，随后又胡言乱语起来，沈大夫天亮时前来看诊，说情形很是危急。小民在此恳请老爷，万望即刻派人出去追踪那只在四围出没的食人猛虎，并杀之而后快！”

堂下的人群中传出一片低低的赞许声。

“今日一早，”狄公说道，“本县便会派出猎手去追踪那禽兽。”

曹鹤仙刚刚退下，易本又走上前来，跪倒在案桌前，照例先报上姓名生业，然后说道：“小民今早看见了官府缉拿我手下管事白凯的文告，又有传闻说白凯与高丽船上发生的一场恶斗有涉。小民在此申明，那白凯行止古怪，放浪不羁，凡是在正经生意之外的所作所为，均与小民无干。”

“你是几时雇用白凯为管事的？当时情形如何？”狄公发问道。[1]

“回老爷，大约十天前，白凯前来会我，”易本答道，“手持京师里名儒曹芬写下的一纸荐书，曹芬正是小民的好友曹鹤仙的堂兄。白凯说他刚刚休妻不久，想远离京师暂避一时，免得妻家寻他的晦气。此人虽说放浪形骸、嗜酒如命，却端的是个业中圣手。小民今早看过文告后，忙将管家唤来，问他何时最后见过白凯，他说白凯昨天深夜方归——他就住在小民宅中的四进厢房内，回屋后没多久，携着一只扁平匣子又出门去了。白凯一向起居无常，管家早已是见怪不怪，因此也不以为意，不过白凯昨夜看去十分匆忙，令管家颇觉惊异。小民在离家前，还去白凯房中

1　在荷文本中，此处为：“狄公听完这番说辞，本想议论几句，终是暂且按下不提，开口发问道。”

看了一回，发现他的衣物家什都在原处未动，只少了一口用来存放文书的皮匣。”

易本略停片刻[1]，最后又道：“小民只想申明，白凯如有不法行径，概与小民无涉，还望老爷明察！”

“易本所述将记录在案，”狄公冷冷说道，“但是本县有几句话也要记下，你可听仔细了。本县非但不能苟同你的申明，还要你为白凯的所作所为负所有责任。他不仅受雇于你，还住在你的家中，且又参与了一桩精心策划的阴谋，旨在谋害我两名随从的性命。你若说与你无涉，须得自己拿出证据来！”

“老爷明鉴，小民如何能自证清白？”易本惊叫道，“我真是全不知情！小民向来奉公守法，老爷可还记得，前几天我特意拜会老爷，禀报过关于——”

“那些只不过是有意扯谎罢了！”狄公厉声喝道，“除此之外，有人报曰就在你家宅院附近，曾经有过

1　在荷文本中，此处还有“见狄公未再发问”。

怪事发生，离运河上的第二座桥不远。本县在此判你禁闭家中，听候发落！”

易本还欲申辩，班头上来叱他闭嘴，交由两名衙役带去班房内，等候狄公详细指示到底如何软禁。

易本被带下后，顾孟宾又走上来，跪在案桌前，开口说道：“老爷在上，小民的愚见与我那同行友人易本略有不同。由于手下管事金桑卷入了船上恶斗一案，小民在此申明，愿为金桑的所作所为负下全责，包括他公事以外犯下的罪过。那条事发的高丽船，正是在我名下，三名高丽船夫也是我雇来的水手。我那船厂的管事证实说，昨日晚饭时候，金桑去了码头，命人划出那条驳船，但并没说明去向，不消说他全是瞒着我自行其是。不过，小民仍要尽一已之力，彻底查清这桩凶案，衙里若是派差官前去小民的码头或家中督管巡查，无不欣然从命。”[1]

---

1 在荷文本中，此处还有：“说罢叩头三下。”

“顾孟宾自愿与官府协作，本县十分赞赏。”狄公说道，“待查案一结束，便会将金桑的尸身发回你处，再设法交与其亲属归葬。”

狄公正欲拍案退堂，忽见堂下一阵骚动。只见一个妇人排众而出，身量颇高，面相粗鄙，穿一件俗丽的黑底红花长裙，一手还拽着一个蒙面女子。那妇人上前跪下，蒙面女子则垂头立在一旁。

“启禀老爷，”妇人嗓音嘶哑地说道，“小妇人姓廖，是东门外五号花船上的鸨母，如今带了一名罪犯，特来老爷堂上投案。”

狄公倾身向前，上下打量那轻纱遮面的窈窕女子，不禁十分惊异。通常说来，若有妓女违命不从的话，老鸨龟公一般都是自行处置，不至于因此闹上公堂。

“这女子姓甚名谁？”狄公发问道，“又犯下何罪？”

“回老爷，她始终不肯吐露自家名姓。”妇人叫道，“还——”

“你本该明白，”狄公厉声说道，“在未曾查明身份之前，任何女子都不许挂牌接客！”

那妇人连连叩头，口中哭叫道：“老爷千万恕罪开恩！原该一上来先对老爷讲明，这女子并非是我买来接客用的。[1]事情原是这样，就在本月十五日，早上天还没亮，白凯先生领着她来到我的花船上，说是自家新娶的小妾，昨晚带回家去，大太太非但不让进门，又打又骂，还将她的衣裙撕得稀烂，白先生磨破了嘴皮子，一直理论到半夜也不中用。还说在设法说服大太太回心转意之前，想让这女子在花船上暂住几日，随后塞给我几两银子，嘱我给她弄件体面衣裳，原来她浑身上下只裹了件和尚穿的僧袍。白凯先生一向是个好主顾，又替船主易本先生做事，手下的船工水手们也时常去我那里快活，照顾了不少生意，

1 在荷文本中，此处还有“‘我只是收留她几日并提供食宿而已。’狄公说道：‘如此行事，同样有悖官府条例，你并未获准开设客栈或是旅店。不过接着往下说，从实道来！’”

因此小妇人除了满口应承，还能怎地！我看那女子吓得战战兢兢，怪可怜见的，便找出合身的衣裙给她换上，又腾出一间上好的舱房来让她独自受用。曾有手下撺掇说，按规矩该让她去接客，谅她也不敢告诉白先生，也被我一口骂了回去。老爷明鉴，小妇人向来言而有信，这规矩可破不得，不过总不能忘了奉公守法！今日一早，小贩摇着船前来卖菜，道是衙门贴出告示来要捉拿白凯，我听说后立时发话下去：'这小淫妇就算不是同案犯，至少也知道白凯藏在哪里，咱们非得带她去衙里报官不可。'于是就到这里来了。"

狄公直坐起来，对那蒙面女子说道："且将面纱除去，报上姓名，再说说与案犯白凯有何关系。"

第十五回

新妇细述骇人遭际
老吏自承离奇罪行

THE CHINESE GOLD MURDERS

那女子抬头将面纱撩起，显得很是疲惫，狄公这才看清她二十左右年纪，生得十分俊俏，面貌看去温和聪慧。只听她柔声说道："奴家便是顾曹氏。"

堂下看众发出一阵惊呼。顾孟宾快步上前，上下打量了自家太太一番，又退回原处，面色转为煞白。

"顾太太，你家夫君前来报官，说你失踪不见，"狄公庄容说道，"请将本月十四日午后，你告别令弟曹敏独行后的遭遇一一讲来。"

曹氏望了狄公一眼，神色凄然，开口问道："老爷开恩，事无巨细都得讲么？奴家更愿——"

"顾太太听好，一桩都不得隐瞒！"狄公断然说道，"你的失踪至少与一桩命案有关，不定还牵涉到其他罪行。本县在此洗耳恭听。"

曹氏犹豫片刻，方才开言叙道[1]：“那天我在路口朝左一转，正向官道方向走去时，遇见了邻居范仲及其家仆。范仲上来寒暄问好，我想既然以前彼此照过面，应答几句也未为不可。他问我要去何处，我说正要回城，而且小弟曹敏即刻便来会合。不料等了半日，始终不见我那兄弟露面，我与范仲又骑马返回道口四处张望，仍是不见他的人影。我心想分手时离官道已是不远，小弟或许觉得我无须由他再继续护送，便穿过田地自己回家去了。这时范仲说他也要进城，可以陪我同路而行，又说抄近道的话，可以省却不少工夫，那条小径已修得平整了许多。我不想独自一人打那古庙前经过，于是便点头应允。

“走近范家田庄入口处的小茅棚时，范仲说有事须得交代佃农几句，劝我不如在里面稍歇片刻，于是

---

1 “曹氏望了狄公一眼……方才开言叙道”不见于荷文本，此处为“曹氏望了顾孟宾一眼，却见自家夫君两眼直直盯着前方，看似无意朝这边打量，于是犹豫片刻，方才开口说道”。

我下马进去，在一只条凳上坐下，范仲在门外对家仆吩咐几句，然后翻身回来，一双贼眼对着我上下打量，说是已打发仆人先去田庄，为的是能和我清清静静待上半日。”

曹氏略停片刻，羞恼得两颊晕红，低声又道：“他上来动手动脚，被我用力推开，并警告他说要是再来放肆的话，我就要大喊救命。他听罢哈哈大笑，说我就算叫破了喉咙也不会有人听见，最好还是识趣一点。他扑上来撕扯我的衣裙，我虽尽力反抗，奈何他身强力壮，终是不敌。他剥去我的衣衫，又用腰带将我的两手捆在身后，将我推倒在柴堆上，我只得无奈屈从。过后他给我松了绑，让我穿上衣服，还说他很中意我，今天须得陪他在田庄里过夜，明日回城后，自有一套说辞讲与我丈夫听，神不知鬼不觉地瞒过众人去。

“我心知自己不得不听他摆布，于是在田庄里用了饭，然后上床歇息。范仲刚一睡熟，我正想着悄悄下床逃回娘家去，却看见窗子突然打开，一个大汉手持镰刀跳进屋来。我吓得要命，连忙摇醒范仲，但那大汉冲上前来，一刀便割断了范仲的喉咙，尸身倒下时，一半都压在我身上，还溅了我一脸一胸的血。”

曹氏举手掩面。狄公使个眼色，班头依命递上一碗浓茶，曹氏却摇摇头，接着叙道：“那大汉冲我咬牙切齿地说道：‘现在再来收拾你这无情无义的贱婊子！’他一面污言秽语，一面摸到床头，抓住我的头发朝后一拽，将镰刀架在我的脖子上。我只听耳边‘咔嚓’一声，便人事不知了。

“等我苏醒过来，却发现自己躺在一辆颠簸而行的板车上，范仲的尸身横陈在侧。这才想到原是镰刀砍在了床头上，我只受了一点轻伤，但那歹人定是以为我已一命呜呼，于是便屏息装死。忽然车子停住，车身一歪，我与范仲的尸身双双滑到地上。那歹人又扔了些干树枝在我身上，然后听见车子渐行渐远。我始终不敢睁眼偷看，所以不知凶手究竟是何人。当他跳进卧房时，看去似乎面貌黝黑精瘦，但也可能是墙角里油灯的光照使然。

“我挣扎着立起，朝四周打量，借着月光，方才看清原来是在范家田庄附近的桑林里。就在这时，小路上走来一个和尚，看方向是从城内而来。我只有一条缠腰布用以蔽体，正想藏在树后，奈何躲闪不及，被他看见。他拄着手杖奔上前来，看看范仲的尸身，开口说道：‘你竟然杀死奸夫，如今且与我同去那破庙里待上半日，保证替你守口如瓶！’说罢上前便要揪捽，吓得我大叫起来。这时从平地里忽又冒出一人，冲那和尚喝道：‘谁许你在庙里欺辱妇女的？从实招来！’说着从袖中抽出一把匕首。和尚怒骂一声，将手杖高高举起，忽然猛喘粗气，手捂胸口倒在地上。另外那人连忙俯身查看，过后站直起来，低声咕哝几句好生晦气。”

“据你看来，”狄公插话问道，“后来的那人，与和尚可否相识？”

“回老爷，奴家委实不知。”曹氏答道，“事发太快，且那和尚并未叫过那人的名姓，后来我方知他名唤白凯。他询问我何故至此，不但出语温文有礼，而且对我的尴尬形状并未多看一眼，虽则衣着寒素，却自有一派官家气度，看去颇可信赖，于是我便将一番遭遇向他和盘托出。他提议送我回夫家或是娘家去，他们自知该如何应对。但我直陈自己尚且无法面对夫婿或是家人，心中正乱作一团，须得先冷静思量一阵再说，又问他可否找个地方让我藏身一二日，而他尽可以将范仲被杀一事报官，只是不要提到我，因为那歹人显然将我误认为是别的女子。他答曰那人命案与他无关，但我想要躲藏几日的话，可以助我一臂之力，又说他并非单人独住，况且客栈旅店也绝不肯半夜三更时接纳一个孤身女子入住，因此唯一的办法是去花船上租间客房，在那里没人会问长问短，且他自有一套说辞来应付，不过先得把尸体埋在桑林中，如此一来，过上几日才会被人发现，及到那时，我可自

新妇细述骇人遭际

行定夺是否报官。他剥下那和尚的僧袍，嘱我先用缠腰布揩净脸上和身上的血迹，然后将其裹在身上。等他返回时，我已收拾停当，他带我走到小路前方的一片林边，从里面牵出自己的马匹，扶我坐在他身后，一路骑回城去，又在运河边租了条船，划去那东门城墙外的花船上。”

“你们经过城门时，守卒可曾盘问过？”狄公问道。

“到了南门外，”曹氏答道，“白凯上前拍门，假装喝得大醉，守卫们都认得他，他大叫着说要带个新近结识的妙人儿进城去。守卫命我露出脸来，见果然是个女子，便一齐哄笑起来，拿白凯以前的丑事戏谑嘲弄了几句，就放我们进去了。

“到了花船上，白凯租下一间舱房给我。我没听清他跟鸨母嘀咕了些什么说辞，但是分明看见塞给她四两纹银。那鸨母待我倒是甚好，我怕不幸有了身孕，她还特意送药给我吃。我从惊骇中渐渐平复，打算等白凯再来时，让他送我回娘家去。不料今日一早，鸨母和伙计来到我房中，说白凯原是个歹人，如今被官府缉拿，又说他为我的衣食住处只预付了几个小钱，因此我得在花船上接客来还清欠债。我愤然回应她说四两纹银用来支付这些花销绰绰有余，并且我即刻就要离开此处。鸨母吆喝那伙计给我一顿鞭子吃，我暗想无论怎样，都要好过落在这群无赖手中，于是就说我不但亲眼见过白凯作恶，还知道他犯下的其他不法之事。那鸨母一听害怕起来，跟伙计说如果不去官府告发我的话，怕是要惹出大乱子来，然后就带我来到老爷的衙里。如今想来，当初本该听从白凯的劝告才是。我并不知他犯过何种罪行，只能说他待我十分有礼。我当初本该将所有事情立即上报官府，但着实被这一番遭际弄得心神大乱，只想稍事休息后，再冷静考虑应当如何行事。奴家所述句句是实。”

书办将曹氏所述的笔录宣读了一遍。狄公心觉她讲得坦率诚挚、毫不做作，且又事事合榫。如今明白了田庄卧房里床边的刻痕是如何留下的，至于阿广为何不曾发现床上的女子并非淑娘，也更合于情理，因为当阿广手持镰刀转向曹氏时，正是站在靠近范仲的一边，并且曹氏又溅了一脸的鲜血。白凯在桑林里的及时出现也很容易解释，这更证实了对曹鹤仙的怀疑确有道理。曹鹤仙定是白凯的同谋，白凯无疑对曹鹤仙说过，由于曹氏正撞见他与那佛门帮凶的密会，因此安排她暂避几日，免得生事。曹鹤仙对于女儿失踪不见的漠然态度也有了答案，因为他心知其女安然无恙。

曹氏在笔录上按过指印后，狄公宣道："顾太太，你这一番遭遇，着实骇人听闻，换作任何人，都难说能更加应付裕如。若是一个女子未能上报一桩杀人案，而死者正是不久前才对她施暴之人，该女子是否因此应受惩处，本县在此不做深究。本县的职责并非是为精研律法的学者们提供素材，而是秉公裁决，并设法弥补由于罪行造成的损害。因此，本县判你无过，免于任何追究，由其夫顾孟宾当堂领回。"

顾孟宾走上前来，曹氏朝他迅速一瞥，不料夫君竟全不理会，只扯着嗓子发问道："老爷在上，小民想问一事，可有证据证明拙荆当真是被人强暴，而并非与人勾搭成奸的？"

曹氏闻听此言，不禁倒吸一口凉气，似是无法置信。只听狄公平静地答道："证据在此。"接着从袖中抽出一方手巾，"本县以前说过这手巾掉在路边，你也证实确系尊夫人随身之物，实则正是在范家田庄茅棚的柴堆里找到的。"

顾孟宾咬咬嘴唇[1]，又道："既然如此，小民相信拙荆所言不虚。不过，小民虽家世卑微，也还晓得家法族规不容违背。拙荆既已失贞，本应立即自行了断才是，否则不免玷辱门楣。小民在此郑重声明，不得不将她休掉。"

"你有权如此行事，"狄公说道，"休妻一事将会

---

1 在荷文本中，此处为"顾孟宾躬身一揖"。

被记录在案。请曹鹤仙上前来！”

曹鹤仙跪在案桌前，口中低声咕哝了几句。

“曹鹤仙，”狄公问道，“你可愿意将被休的女儿领回家中？”

“老朽一向认定，”曹鹤仙大声说道，“一旦涉及礼教德行之本时，个人须得毅然决然，置私情于不顾，如今又是在众目睽睽之下，老朽更是深感必得为人表率，即使身为人父痛彻心扉，亦是无可如何。[1]老爷在上，既然小女行止有违圣德，老朽不能将她领回。”

“此事也将记录在案。”狄公冷冷说道，“曹小姐在得到妥善安置之前，将在县衙内暂住。”

狄公示意洪亮带曹小姐下去，又转头对那花船老鸨说道：“你意欲逼良为娼，本已违法，但念及善待过曹小姐几日，且对官府心存敬畏，行事多少也还知

---

1 在荷文本中，此处还有插入语“说罢深吁一口气，接着决然说道”。

道分寸，姑且不予追究。若是以后再有人前来控告，定不轻饶，花船也得停业。这一席话，记着回去也讲给你那些同业们听听，下去吧！”

老鸨急忙退下。狄公随即拍案退堂。

狄公下堂时，发觉不见了唐主簿，于是询问马荣。马荣答道：“曹鹤仙上前报案时，唐主簿忽然低声说觉得很不舒服，便悄悄出去了。”

“这老唐简直岂有此理！”狄公怒道，“若是再有此事，我干脆让他告老还乡算了。”

狄公推开二堂的门扇，见洪亮与曹小姐正坐在里面，便吩咐马荣乔泰在外边廊上稍候。

狄公在书案后落座，开口说道[1]：“曹小姐，如今看看能否为你尽一些绵薄之力，不知你自己有何打算？”

---

1 “狄公下堂时……开口说道”在荷文本中略有不同，狄公见洪亮与曹小姐正坐在二堂内，便吩咐马荣乔泰在外边廊上稍等，自行进入二堂坐在书案后，询问洪亮唐主簿去了哪里，二人问答过后，再与曹小姐交谈。

曹小姐两片樱唇翕动几下，但很快恢复自持，徐徐说道："奴家深知若是依照风俗礼法，我本应自尽才是，但是不可否认，我从没生出过这等念头。"说着惨然一笑，"身陷田庄之时，要说我心有所想，也是想着如何才能逃生！奴家并非贪生怕死，只是不愿去做自己觉得无法理喻之事。还请老爷不吝赐教一二。"

"依照儒家德律，女子须保持贞洁。"狄公说道，"然而我常常疑心这一说法，是否应旨在心灵而非肉身。即使如此，孔夫子不也说过'以仁为本'么。曹小姐，至少我是坚信，所有德律必须以此为前提，方可加以诠释。"

曹小姐感激地望了狄公一眼，思忖半晌，又道："如今看来，出家为尼应是最上策。"

"既然你以前从未有过遁入空门之念，则不过是逃禅之举，"狄公说道，"况且对你这般明慧通达的年轻女子来说，甚为不宜。我可与在京师的友人联络一二，荐你去做个西席，教授女眷们读书识字，不知你意下如何？在此期间，他自会为你安排下另一桩美满姻缘。”

曹小姐羞怯地答道：“老爷一番体恤厚意，奴家感激不尽。只是我嫁与顾孟宾不过数日便告仳离，而且在田庄里的一番遭遇，还有在花船上的所见所闻，都使我对于……对于男女之事反感至极，此生永无回转。想来青灯佛门，当是我唯一合宜的去处。”

“曹小姐，你青春正盛，不当用此‘永无回转’的字眼！”狄公正色说道，“不过眼下还不是你我议论这些的时候。再过十天半月，我的家眷便会前来，请你一定与我那正室夫人倾谈过后，方可作决[1]。在此之前，你可暂住在仵作沈大夫的宅中，听说沈太太古道热肠，且又持家有方，沈小姐正好可与你做伴。洪都头，你给曹小姐引路。”

---

1 在1959年英文初版中，此处有一原注：见《铁钉案》第十二回。

曹小姐躬身一拜，跟随洪亮出去。这时马荣乔泰进来，狄公对乔泰说道："你也听到了曹鹤仙的话，他家公子看去是个俊朗少年，遭此横祸，实在令人扼腕。既然你二人今日无事，你何不在守卫中挑选几名猎户，一道去乡下打虎？马荣可留在这里，先吩咐班头如何与城中各位里长协同缉拿白凯，然后去休息半日，顺便诊治手臂上的刀伤。今夜我们还得去白云寺参加法事，在此之前，你二人再无其他公事。"

乔泰喜孜孜地领命，马荣却对他嚷道："你可不能撇下我独个儿去，老兄！你若要打虎，非得我拽着老虎尾巴才能成事哩！"

二人大笑几声，随即告退离去。

狄公独坐在堆满书卷的案前，翻看着厚厚一卷田地税册，想藉此稍稍放松，然后再凝神思量一番新近得知的种种消息，不料没看几页，就听有人叩门，却是班头一脸惊惶地奔进来，急急说道："启禀老爷，唐主簿服了毒药，眼看就快不行了！他说想见老爷一面！”

狄公从座中跃起，跟随班头一路奔至县衙正门，对面便是客栈。二人穿街而过时，狄公问道：“可有解药不曾？”

“唐主簿不肯说服的是什么毒，”班头喘息说道，“一直等到药性发作才吐口！”

楼上的过道里，一个老妇人双膝跪地，恳请狄公宽宥其夫。狄公温言劝慰几句，跟随她走入一间宽敞的卧房中。

只见唐主簿双目紧闭躺在床上，老妪上前坐在床边，对他轻声低语几句。唐主簿睁眼看见狄公，放心地长吁了一口气，喃喃说道：“你且出去，让我二人单独在此。”

老妪依言起身，狄公在床边坐下。唐主簿对着狄公注视良久，方才疲惫地开口说道：“这毒药说是会慢慢麻痹全身，我两腿已经麻木，但头脑尚且清醒。我想对老爷坦承一桩自己犯下的罪行，然后有事相询。”

“是不是关于王县令一案，你有事隐瞒于我？”狄公急问道。

唐主簿缓缓摇头：“王县令一案，我已是知无不言。我只是对自己犯下的罪孽太过忧心，因此无法虑及他人所为。但是那桩命案，还有那鬼魂，着实搅得我心神大乱，而且一旦心神不定时，就管不住……另外那一个。接着范仲又被害身亡，他才是我唯一真正牵挂之人——”

“你与范仲之事，我已尽知，”狄公说道，“世人理应顺其自然而行。若是两个成人彼此相悦，即为二人私事，概与旁人无涉。你无须为此担忧。”

“我根本不是为此而担忧，”唐主簿摇头说道，“之所以提起此事，只为表明自己是何等忧虑焦心。我一旦体虚乏力，就难从钳制内里的另一个‘他’，尤其是在月明之夜。”说罢艰难地喘息几下，长叹一声，接着又道，“经过这许多年，我已对‘他’和

老吏自承离奇罪行

‘他’那些阴毒的伎俩知之甚详！我看过先祖留下的一册日记，得知先祖也曾与‘他’苦苦相搏。先父倒是从未受制于‘他’。后来先祖悬梁自尽，皆因实在无力支撑下去，正如我今日服毒一样。不过我并无子嗣，故而如今‘他’亦是无处可逃，就要与我一同而去了！”

唐主簿凹陷的面颊上露出惨然一笑。狄公怜悯地望着他，此老显见得已是神志不清了。

唐主簿看去奄奄一息，两眼朝上瞪视半晌，忽又望向狄公，惊恐地说道：“药性发作得更厉害了！闲话少说，我要告诉老爷到底是何情形。我会在夜里醒来，只觉胸口一紧，然后翻身坐起，下床踱步，来来回回没完没了。房内变得过于狭小，我想要吸入清新的空气，我得出去，到大街上去。但是大街也变得愈发狭窄，成排的房舍和高墙逼迫过来，想要将我压垮……我只觉惊恐万分，拼命喘气，就在我快要窒息时，‘他’便冒出来取而代之。”

说到此处，唐主簿长吁了一口气，似是如释重负。

“我攀上城墙，从另一边跳下去，昨夜也是这样。身在乡间，我觉得新鲜蓬勃的血液在全身流淌，清新的空气充盈体内，整个人振奋有力、强健无敌，天地也为之一新。我闻得出各种青草的味道，还有湿润的泥土气息，知道有野兔经过。我圆睁双目，在黑夜里也能看清一切，我凭空一嗅，就知道前面树林里有个水塘。这时我又闻到另一种味道，使得我浑身紧绷蹲伏在地，那正是温热的血腥气——”

狄公惊恐地看着唐主簿脸上突起的变化。只见绿莹莹的两眼里瞳孔狭长，颊骨忽然变阔，嘴巴歪斜着发出吼声，露出两排尖利的黄牙，花白胡须如鬃毛一般硬硬立起，两耳翕动，一双虎爪般的手从被褥下伸出，令狄公僵立骇绝。

那一双虎爪般的手蓦然松弛，手臂也垂落下来，唐主簿的脸面又转为瘦削凹陷的濒死模样，只听他有气无力地说道：“当我清醒过来，发现自己躺在床上，浑身大汗淋漓。我起身点亮蜡烛，急忙去照镜子，看见脸上并没血迹，便会觉得说不出的放心！”略停片刻，又嘶声说道，“不过我要告诉老爷，是‘他’趁我虚弱不支时钻了空子，是‘他’迫使我犯下那等恶行！昨天夜里，曹敏因我而受伤，我并不想扑到他身上，也不想伤害他……但是，我不得不如此，真是身不由己，身不由己啊——”说话时声调渐高，直如尖叫一般。

狄公见唐主簿额上冒出冷汗，连忙伸手轻抚，以示慰藉。

唐主簿的叫声渐低下去，转为喉咙深处的嘎嘎作响。他惊恐地盯着狄公，拼命启动唇舌，却只能发出含混不清的声音。狄公俯身谛听，唐主簿用尽气力，吐出最后一句话：“你说……我有没有罪？”两眼突然变得迷蒙，口唇微张，整个面目松懈下来。

狄公起身拉过被子，掩住唐主簿的头脸。如今唯有天地神明才能回答他的疑问。

第十六回

用膳处闻仆说疑犯
观戏时听案赞判官

狄公走到县衙正门前，迎面遇见洪亮，他也听说了唐主簿的消息，正要去客栈里探望。狄公对洪亮道是唐主簿因范仲之死而心灰意冷，故而服毒自尽，只感叹了一句“唐主簿命数如此，实属不幸”，余事一字不提。

回到二堂后，狄公对洪亮说道：“由于唐主簿和范仲相继身亡，衙里少了两名管事的吏员。叫那三等书办到这里来，并带上唐主簿曾经主管的一应文书。”

狄公、洪亮与那书办一道整理文书案卷，直至午时方歇。唐主簿主管婚嫁生卒记录和县衙账目，向来一丝不苟，虽然日常庶务仅仅中断了两天，仍欠下不少公事待补。狄公对那三等书办印象颇佳，便命他暂理主簿之职，只要称职尽责，以后自会正式任命，其他吏员亦会依次擢升。

料理完公事后，狄公在庭院一角的大橡树下用过午饭。正在饮茶时，班头前来禀报曰白凯下落不明，似是销声匿迹了。

洪亮去公廨内监督衙吏们办理庶务，并接待访客。狄公回到二堂，放下竹帘，松开衣带，躺倒在长榻上。

奔波劳碌了两天之后，狄公只觉筋疲力尽，心中不免有些沮丧，于是闭上两眼，想要稍稍休憩并理清思绪。曹氏与范仲的失踪之谜如今都已解开，但是王县令被害一案，仍是进境无多。

疑犯倒是为数不少，白凯、易本、曹鹤仙，还有白云寺里一干尚未查明的僧人，也包括慧本在内。那天断桥上阴谋未遂后，慧本未免出现得太快了些。易本显然与此案也有关联，但无论他还是慧本，抑或曹鹤仙，似乎都只是走卒而已，这一切阴谋背后的始作俑者，无疑就是白凯。他不但多才多艺、精明过人，还能惟妙惟肖地扮成各种人物。正是在王县令被害之后，白凯才来到蓬莱，似是把前期事务交托给易本金桑二人，过后方从京师亲自驾临主事。但是，到底主持何事呢？狄公如今不得不重新思量自己以往的推断，即对方企图暗害自己和马荣乔泰，原因是认定官府对其阴谋的了解要比事实上更多。即使是朝廷派来的查案官，又有几名训练有素的特使襄助，也没能查出真相来。罪犯显然得知目前官府只是查明黄金是用禅杖走私到高丽去的。黄金定是从内地运来，做成长条状后藏在中空的禅杖里。但是和尚们携带这些禅杖来到蓬莱，却要冒相当的风险，因为一路都有兵营哨卡负责盘查路人是否携带禁品，唯独官员可以豁免。若是携带黄金，则必须上报并沿途缴纳路税。即使算上所有逃掉的路税和从蓬莱出海时的关税，获利也不会太多。狄公不安地想到一事：黄金走私很可能只是一个幌子，是对手为了引自己上钩而精心设下的圈套，旨在将自己的注意力从正在实施的更紧要的事务上转移开来，紧要到以至于不惜毒杀一位朝廷命官，且又企图谋害另一位。这桩大事定是迫在眉睫，正是因此，他们才会不顾一切地猖狂进击，因为时日已是无多！自己身为县令，却对大事究竟若何至今毫无线索，与此同时，白凯那恶棍则处心积虑与马荣乔泰邂逅相识、一力交好，从而紧密关注县衙的所有举措，如今又藏在不知什么地方，在幕后指挥着下一步行动了！

狄公长叹一声，心想到了如此境地，换了更为资深的县令，是否会铤而走险，将曹鹤仙与易本抓来严加讯问。但是采取如此极端的做法，如今尚无足够的证据，总不能因为某人在树林里拣了一根手杖，并且对女儿漠不关心就将他绳之以法。再说易本，狄公自认处分得也还得当，对于他企图以军械走私为幌子来欺瞒官府的行为，软禁算是相当温和而公正的处置。如此一来，白凯在失去了金桑之后，便又少了一个忠实党羽，但愿因此能阻止他实施阴谋，或是迫使他放弃计划，从而为官府赢得查案的时间。

狄公又想起这几日里诸事忙乱，竟还没能抽出时间去拜访当地军营统领，抑或该是他先来拜会才对？地方文官与军营的关系向来十分微妙。如果二者官阶相同，则地方文官理应权力更大，但是军营统领手下掌管着成百上千的兵士，因此常常傲慢无礼。至于黄金走私一事，探明军营统领对此的看法的确相当重要，并且他对高丽国的事务一定十分精通，肯定知道黄金在高丽国既不收税，价格也与大唐基本持平，为何有人要将黄金走私到那里去，不定军营统领自有一番解释。关于当地都有哪些礼仪习俗，可惜以前没有问过唐主簿，那老者十分拘泥于礼数规章，一定知之甚悉。狄公想到此处，终于蒙眬睡去。

外面庭院中传来喧闹之声，狄公惊醒过来，连忙起身下地，整整衣袍，见暮色已然降临，方知自己睡过了头，心中老大不快。

一大群书吏、衙役和守卫齐集在庭院中央，当中有二人鹤立鸡群，正是马荣乔泰。

众人一见狄公，立时恭敬地闪避两旁，让出路来。只见四名农夫正将一具捆在竹竿上的虎尸放在地上，这老虎身长约有一丈，体格极其硕大。

“这大虫是被乔泰打到的！”马荣对狄公叫道，“几个庄稼汉领我们走树林里的小路，直走到山坡底下，拴了一只小羊作为诱饵，众人藏在逆风处的灌木丛里。我们等了又等，直到下午，那畜生方才出现。它冲着小羊过来，却没往上扑，大概是嗅到了危险，居然伏在草丛里足足有半个多时辰，等得人好不心焦！小羊咩咩叫个不停，乔泰爬上前去，越靠越近，越靠越近，箭在弦上一触即发！我心想要是此时大虫跳过来，非得落在他老兄的头上不可！我和两个守卫手握猎叉，紧跟在他后面赶上去。说时迟那时快，大虫突然跳起来，只见空中飞过一条黑影，但是乔泰一箭正中它的身侧，射入右前腿的后方，大半个箭身都没了进去哩！”

乔泰咧嘴一笑，指着老虎右爪上的白斑，说道：“老爷请看此处，那天夜里在溪流对岸的，一定就是这畜牲。虽然想不出那里为何会有老虎出现，但我说话实在太过冒失了！”

“只要能找到合情合理的解释，我们就不必害怕鬼怪等物！”狄公说道，“恭喜你们打虎有成！”

“我们准备剥了虎皮，”马荣说道，“将虎肉分给众乡亲，拿回去给孩子吃了，能够强身健骨。再将虎皮硝过后献给老爷，铺在书房里的太师椅上，算是我们兄弟的一点心意。”

狄公谢过马荣[1]，带着洪亮出门而去。正有许多百姓兴冲冲地赶来，急于一瞻死老虎和打虎英雄。

“我今天睡过了头，”狄公对洪亮说道，“如今快到晚饭时候，你我不妨去马荣乔泰初次遇见白凯的饭馆里，吃顿便饭换换口味，还可听听他们对白凯有何

1 “我们准备剥了虎皮……谢过马荣”不见于荷文本。

议论。此时晚风清凉，我们就一路走去，身心也可为之一爽。”

二人朝南而行，穿过热闹的街市，不费吹灰之力便寻到了那家饭馆。掌柜急忙出来恭迎，满脸堆笑啰唣了大半日，直等其他客人都已看见有如此贵客光临，方才引着二人走入一间华丽的包房内，又问想点何菜，“现有鹌鹑蛋、虾饼、酱牛肉、腌鱼、熏肉、拌鸡丝等冷荤，还有……”

“罢了，”狄公插言道，“来两碗面，一盘腌菜，再来一大壶热茶便可。”

“小民还想献上一杯玫瑰露，万望老爷笑纳！”掌柜虽颇觉气馁，仍然一力劝道，“只为开胃下饭之用！”

“此时我胃口甚好，多谢美意。”狄公说道。等掌柜将县令老爷点下的几样简单饭菜吩咐给伙计后，狄公又问道：“白凯以前是否常来用饭？”

“啊哈！”掌柜大声说道，“我早就看出那厮是个阴险卑鄙之徒！他每次来时，都是一副奸猾相，两手缩在袖筒里，好像随时预备着掏出一把刀子来。今早听说贴出了缉拿他的告示，我便说早就该去官府向老爷告发此人了。”

“真可惜你那时没去告发。”狄公淡淡说道，这掌柜令人记起了某些有眼无珠、有头无脑的证人，着实无法可想，于是又道，“叫你们管事过来。”

管事看去很是精明世故，开口说道：“回老爷，小民得说从未想到白凯先生会是个歹人！做我这一行，能学会如何识鉴客人。白凯先生无论喝多喝少，总是一副温文尔雅的君子风范，待伙计们也十分和气，但从不过分狎昵。我还曾听见过孔庙旁的县学教谕夸他做得一手好诗哩。”

“白凯是不是经常与人在此吃饭喝酒？”狄公问道。

“回老爷，并非如此。这十来天里，他要么一人前来用饭，要么与好友金桑一道。他二位都是谦谦君子，喜欢互相玩笑戏谑。白先生的眉毛高高拱起，使得面相看去颇为滑稽[1]，不过，有时我注意到他的两眼可是全无笑意，似乎与眉毛颇不相称，于是暗想他会不会是乔装易容过。但是当他开怀大笑时，我就知道自己还是想错了。”

狄公谢过管事，匆匆吃完面条。虽则掌柜一力拒收饭钱，狄公仍是付了账，又给了伙计一笔丰厚的赏钱，随后出门而去。

二人走到街中，狄公对洪亮说道：“那管事的眼光很是锐利。恐怕白凯确是乔装改扮过。记得当他遇见曹小姐时，由于无须假扮，因此在曹小姐看去‘颇有官家气度’。此人一定是所有阴谋的幕后主使，也是我们要找的罪魁祸首！只是如今要寻到他几乎已不可能，他甚至根本无须躲藏，只要去掉伪装，便谁都认不出来。可惜我还从未与他谋过一面！”

此时从城隍庙方向传来一阵笙笛铙钹之声，洪亮

---

1 在荷文本中，此处还有插入语“管事略停片刻，若有所思地又道”。

正凝神倾听，因此并未听见狄公的最后几句议论，兴冲冲开口说道：“老爷，有戏班子进城来了！他们定是听说白云寺要举行法事，肯定会有不少百姓前来观看，因此摆下戏台，好在今晚赚上一笔。我们去瞧瞧如何？”说话间希冀之情溢于言表。

狄公深知洪亮一向是个戏迷，唯一的消遣就是看戏，常常乐而忘返、十分得趣，于是笑笑点头应允。

城隍庙前的空地上人头攒动，戏台已用竹竿和席子搭好，大红大绿的横幅迎风招展，台上点着许多彩灯，几个伶人身着鲜艳的戏装，正舞得起劲。

二人从站立看戏的人群中一路挤过去，直走到前排摆着木头长凳的地方，此处可以付钱后坐观。一个身着花哨戏装、浓妆艳抹的女子收过钱后，给狄公洪亮找了两个后排的空位。人人都全神贯注盯着台上，并未留意新来的看客究竟是谁。

狄公抬头打量，只见台上共有四人，一位老者站在中央，身着墨绿锦袍，白须飘飘，两名男子立在他的面前，中间还跪着一个妇人。狄公对唱戏的路数知之甚少，只能猜测那老人是位长者，至于其他三人，则根本无从断定。

此时乐声忽停，老者高声道出长长一段念白。狄公对那拖着长腔又古里古怪的调子不甚习惯，直听得丈二和尚摸不着头脑，对洪亮问道："台上说些什么？"

洪亮立即答道："老爷，那老人是个长辈，左边那汉子状告自家老婆，即跪在地上的妇人，老者正在总述诉状，这出戏就快唱完了。另外那人是原告的兄弟，为的是证明自己清白无辜。"听了半晌，接着又道，"那汉子离家两年，回来发现老婆有了身孕，于是告到老者面前，想以通奸为由休了老婆。"

"别吵！"坐在狄公前面的一个肥胖男子回头斥道。

乐声忽又响起，琴声急促，钹鸣铿锵，只见妇人袅袅立起，动情地唱出一段来，狄公仍是完全不解其意。

"那妇人说的是，"洪亮低声道，"八个月前的一天晚上，夫君曾回到家中，与她共度良宵，次日一早天还没亮便又出门上路去了。”

台上变得一片混乱，四人同时又唱又念，老者转着圈子摇头晃脑，长须飘起团团打转；丈夫面朝观众连连摆手，尖声控诉妻子扯谎，其右手食指用灯黑抹得乌黑，做成断了一指的模样；他的兄弟则立在当地，两手笼于长袖中，频频点头表示赞许，二人的装扮看去十分相像。

突然乐声骤停，只见老者朝那兄弟吼叫几句，那人看去很是惊恐，原地转了几圈，又是跺脚又是翻眼。老者再次对他怒喝，于是见他从袖中抽出右手，竟也缺了一根食指。

此时乐声狂乱激越，却几乎完全淹没在观众的叫好声里，洪亮也跟着高声喝彩。

“到底怎么回事？”狄公待喧哗稍歇，恼怒地问道。

“原来是那丈夫的孪生兄弟晚上跑去私会嫂子！”洪亮忙解释道，“他事先切下自己的手指，使得妇人以为来人就是自己的丈夫哩！所以这出戏就叫作‘一夜春宵一指偿’！”

“竟有这等故事！”狄公说罢站起身来，“我们还是回去的好。”前面的胖子正在剥一只橘子，将橘皮随手朝后一抛，正落在狄公的衣袍上。

此时台上有人展开一条大红横幅，上书七个大字。

“老爷快看！”洪亮急忙说道，“下一出戏是‘于判官智断三案’！”

“且罢，”狄公无奈地说道，“于公是七百年前[1]的汉朝人，刑侦勘案最负盛名。看看这出戏编得如何。”

洪亮重又坐下，满意地长舒了一口气。

乐师奏起一段轻快活泼的曲调，间有响板的清脆鸣声。只见一张朱红大桌被搬到台上，一个身材魁梧的大汉迈着方步走出，黑面长须，身着一件绣着火龙的黑袍，头戴一顶饰有一圈珠宝的黑高帽，走到桌后

1　在荷文本中，此处为“六百年前”。

重重坐下，台下立时响起一片叫好声。

两名男子走上戏台，跪倒在案桌前，一齐高声咏唱。于判官捋着长髯细听半晌，刚一抬手，不巧一个衣衫褴褛的小童过来卖油糕，意欲爬上前排长凳，因此挡住了狄公的视线，且又引得胖子叱骂起来。狄公虽然没能看清那判官到底指的是谁，但此时已对戏腔略略惯熟起来，即使眼前有人争执口角，听着唱词也明白了八九分。

卖糕的小童溜走后，狄公对洪亮问道[1]：“那二人也是一对兄弟吧？似是一个控告另一个谋害了老父的性命。”

洪亮连连点头。只见台上年长的那人站起身，作势将一个小物事放在案桌上，于判官用两指捻起，皱眉细看。

---

1 “刚一抬手，不巧一个衣衫褴褛的小童……狄公对洪亮问道”在荷文本中为“狄公此时已对戏腔略略惯熟起来，对洪亮问道”。

“那是何物？”狄公问道。

“你没长耳朵不成？”胖子转头怒道，“那是一枚杏仁！”

“明白了。”狄公冷冷说道。

“老父留下杏仁作为线索！”洪亮解释道，“哥哥说是父亲将凶手的名字写在纸上，并藏在杏仁里。”

于判官作势慢慢打开一张小字条，突然像是变戏法一般，展开一张五尺长的白纸面向台下，纸上写着两个斗大的字。观众一见之下，愤然叫嚷起来。

“写的正是兄弟的名字！”洪亮惊叫道。

“闭嘴！”胖子冲他大声喝道。

锣鼓铙钹一时锵锵齐鸣，好不热闹。在高亢的笛声中，只见年少之人立起开唱，断然否认这一指控。[1]于判官对着二人看来看去，气恼地眼珠骨碌碌乱转。

---

1 在荷文本中，此处还有：“年长者则加以反驳。‘骗子！’胖子大声叫道。‘闭嘴！’狄公喝斥一声，自己也不免吃惊，不知不觉中已被台上表演营造出的紧张气氛深深吸引。”

突然乐声骤止，一片死寂，于判官倾身向前，揪住二人的衣领，双双拽到身边，先朝幼弟口中嗅嗅，再朝兄长口中嗅嗅，随即猛地推开兄长，一拍惊堂木怒喝一声，音乐再次汹汹而起，观众爆出一片喝彩声，连那胖子也站起来高声叫着：“好戏！好戏！”

“究竟怎么回事？”狄公看得兴起，连忙问道。

洪亮兴奋不已，连山羊胡子也抖动起来：“那判官说是哥哥嘴里有一股杏仁露的味道！老父亲知道长子要害他性命，并且会在线索上做手脚，于是将字条藏在杏仁里，其实杏仁才是真正的线索，因为哥哥极爱喝杏仁露！”

“不错不错！”狄公评道，“我曾想到过——”

此时乐师奏响了另一段震耳欲聋的曲调，又有两个男子跪在于判官面前，身着绣金长袍，各自手持一张白纸晃个不停，纸上密密麻麻写满了小字，还盖有大红印章。狄公听那念白，原来是两个侯门公子告状，老爷将一大笔遗产平分后赐予二人，其田地、房舍、奴仆、财宝等项均列在各人所持的契纸上。二人都声称分配得甚是不公，都说对方那一份比应得的更多。

于判官白眼看看二人，气恼地摇一摇头，帽子上的饰物在彩灯下闪闪发亮。乐声渐低下去，狄公只觉气氛为之一紧。

“快唱你的！”胖子不耐烦地叫道。

“闭嘴！”狄公怒喝一声，倒是令自己吃了一惊。[1]

只听一阵锣响，于判官站起身来，抓过两名原告手中的契书，彼此交换后还与二人，抬手示意此案已结。两位贵公子瞪着手中的契书，看去大惑不解。

人群中响起热烈的喝彩声。坐在前台的胖子转过头来，趾高气扬地说道：“这一出你该是看明白了吧？那两个——”说了半句，声音渐低下去，认出身后之人原来是县令老爷，不禁目瞪口呆。

---

1 “乐声渐低下去……倒是令自己吃了一惊”不见于荷文本。

“我全看明白了，多谢多谢！”狄公板着脸说罢，起身抖落腿上的橘皮，预备挤出人群。洪亮跟在后面，恋恋不舍地最后回望了一眼，那个为他们领座的女伶此时刚刚上台。

“老爷，下面这一出戏，”洪亮说道，“讲的是一个年轻女人假扮男子的故事，也很出彩哩！”

“洪亮，我们现在一定得回衙去。”狄公决然说道。[1]

二人穿过熙攘的大街，狄公忽然开口说道：“洪亮，凡事总会出人意料！实话对你说，在我未入仕之前，曾经以为做个县令，无非就像刚才在戏台上看见的于判官那样[2]，整天高高在上，坐在案桌后方，面前跪着各色人等，听他们诉说各种冗长离奇的情事，精心编造的谎言，或是自相矛盾的说辞，然后我突然抓住破绽，当堂断案，吓得歹人魂不附体、磕头求饶！

---

1 在荷文本中，此处还有：“‘不过，下次若是再有戏班子前来，你务必告知于我。我倒是颇为喜欢！’”

2 在荷文本中，此处还有插入语“狄公叹息一声，略有些难为情地说道”。

不过，如今我不至于再有此念了。”说罢二人大笑起来，一路走回县衙。

回到二堂后，狄公对洪亮吩咐道：“给我沏一杯浓茶！你也来上一杯，然后预备好我的官服，再去白云寺出席庆典，这一趟非走不可，着实令人生厌，我更愿在此与你议论有关人命案的情形，但也无法可想！[1]”

洪亮端来热茶，狄公慢慢呷了几口，又道：“洪亮，如今我明白了为何你酷爱看戏，我们着实应该多去看看。起初貌似一团迷雾，错综复杂，一旦吐出要紧的一句话来，立时便豁然开朗。[2]但愿眼下这桩人命案也能如此！”说罢手抚长髯，沉思不语。

洪亮一边将狄公的官帽从皮箱中小心取出，一边说道：“最后那出戏我从前看过，是关于冒充

---

1 “这一趟非走不可……但也无法可想”不见于荷文本。

2 “我们着实应该多去看看”不见于荷文本，此处还有“在极短的时间里一下子紧张得要命”。

他人——”

狄公似是听而不闻，忽然拍案叫道：“洪亮！我全都清楚了！如果真是如此，我本该早些想到才是！”思忖片刻又道，“给我拿蓬莱全图来！”

洪亮连忙将大幅地图铺在书案上，狄公上下扫视一番，连连点头，又起身在室内团团疾走，两手抄在背后，浓眉紧皱。

洪亮紧紧盯着狄公，却见他没走几个来回便停住脚步，静立说道：“正是如此！总算事事都合了榫！洪亮，我们必须立时着手布置，事情很多，时间却很紧！”

第十七回

高僧主持佛门盛典
假儒被揭颜面尽失

THE CHINESE GOLD MURDERS

东门外的彩虹桥上点起了一排大灯笼，各色亮光在暗黑的溪水里映出倒影。通往白云寺的道路两旁，竖起了两排高杆，杆上悬挂着彩色小灯串成的圆环，寺庙内亦是灯笼火把一片通明。

官轿经过彩虹桥时，狄公只看到寥寥数人。举行庆典的时辰已到，蓬莱百姓正云集在寺内。狄公只带了三名亲随与两个衙役同行，洪亮坐在轿内，马荣乔泰骑马跟随，两名衙役举着上书“蓬莱县衙”的灯笼在前面开道。

官轿上了白云寺山门前的汉白玉石阶，狄公听见众僧正在齐声唱经祝祷，并有响板铜锣之声夹杂其间，一股浓重的天竺熏香气味扑鼻而来。

大雄宝殿前人头攒动，殿前的高台之上，海月法师正盘膝端坐于朱漆宝座上，身着品级高贵的紫罗袈裟，肩上披着一条金色锦带。左边一排低椅上坐着顾孟宾、高丽坊的里长与两名行会首领，右边的高椅应是尊位，尚且无人，再过去则是军营统领派来的百长，全身披挂，佩带长剑，接着是曹鹤仙与另外两名行会中人。

高台前方搭起一座平台，上面建起了圆形佛坛，正中央用四根镀金杆子支撑起紫色遮篷，下面供奉的便是杉木雕成的弥勒佛像，四周还密密装饰着绸缎鲜花等物。

只见五十名僧人围坐在佛坛周遭，左边的吹打演奏，右边的齐声唱颂。另有一队身披盔甲、手持长矛的兵士，在平台四周围成一圈，圈外则是蜂拥而来的百姓。有几个没能挤到近前的胆大之徒，竟爬到附近柱子的石基上，看去岌岌可危。

官轿在庭院的入口处落地，四名身着明黄袈裟的年长高僧前来恭迎，引着狄公沿一条用长绳拦出的狭窄通道走向高台。狄公一路走时，注意到人群中有不少水手，既有汉人也有高丽人，专为前来礼拜他们的护身佛。

狄公走上高台，对海月法师略一躬身致意，道是因为要紧公事而有所延误。海月和蔼地点点头，取出水盂来，朝狄公身上洒了几点圣水。狄公上前就座，三名亲随立在身后，军营百长、顾孟宾与其他本地士绅纷纷起身，对着狄公恭敬长揖。待众人重又落座后，海月递个眼色，一时鼓乐齐鸣，众僧开始唱经颂佛。[1]

唱经即将结束时，庙里敲响了铜钟。平台上，慧本带领十名僧人开始围着佛坛缓缓绕行，同时手捧香炉不停摇晃，浓重的香烟笼罩住圣像。[2] 圣像经过打

---

1 在荷文本中，本段后还有一段："狄公略略侧转过身，与那百长低声说了几句。"

2 此处描述的是一种礼佛仪式，名为"行香"，产生于南北朝时期，即僧人手捧香炉围着佛像绕行三圈、七圈或更多。由于香炉既可固定放置使用，又可持在手中行走使用，故而称为"行炉"。唐宋时有瓷质行炉，外形特点是宽折沿、筒腹、喇叭状高足。

磨后，发出美丽的深褐色光泽。

完成这一绕行仪式后，慧本走下平台，来到海月的座椅旁，双膝跪地奉上一卷黄绫，海月俯身接过，慧本起身又回到平台上。

钟敲三下，鸣声在寺内回响，之后一片寂静，开光庆典即将举行。依照常例，应是由海月宣读题写在黄绫上的经文，然后将圣水洒在上面，最后将黄绫与其他一些小型法器同置于遮篷内的圣像后方，从而赋予它与山洞中供奉的檀木弥勒佛像同样的法力。

海月正要展开黄绫时，狄公忽然起身离座，走到高台一角站定，缓缓扫视人群，众目睽睽之下，一身辉煌闪亮的墨绿锦袍更衬出官家威仪，火把的光亮正照在金线缝制的乌纱帽上。狄公轻抚几下长髯，将两手笼在宽大的衣袖中，朗声说道："佛家义理博大精深，对于我华夏民众的德行举止颇有教益，因此官府亦愿欣然施惠，对寺院加以庇护。本县在此代表官府行权，有责任保护白云寺的清净祥和，至于寺中供奉的弥勒圣像，既能护佑水手船工，保其出海平安，则更是不在话下。”

“阿弥陀佛！”海月口中念道，方才眼看庆典被打断，不免有些着恼，此时却点头微笑，显然十分嘉许狄公这即席而发的一番话。

狄公接着又道：“有船业主顾孟宾捐资，仿造了一座弥勒圣像，今日众人齐集，便是为了目睹这一神圣的开光典仪。官府已欣然同意过后派出兵士，将其一路护送至京城，以示敬意，并确保在途中不致发生任何不虞之事。

“既然本县对白云寺内外负有全责，在同意举行开光仪式之前，须得先检验此像是否名副其实，即所谓用杉木为料，仿照弥勒圣像精工雕成。此乃本县义不容辞之务。”

人群中响起一片惊诧的低语声。海月原以为狄公会致以贺词，不想结果却出人意料，一时目瞪口呆、不知所措。平台上的一干僧人也骚动起来，慧本意欲下来与海月商议，却被众兵士拦住去路。

狄公举手示意，等四周复归寂静，又大声说道："本县将派手下随从前去检验，看造像究竟品质如何。"说罢对乔泰示意。

乔泰快步走下高台，又登上平台，推开众僧走到佛坛前，抬手拔出长剑。

慧本站到栏杆前，高声叫道："我等岂能坐视圣像横遭玷污？万一惹得弥勒佛祖圣心大怒，不定还会危及此时正在海上的亲友性命哩！"

众人发出一阵怒吼，由水手领头，一边叫嚷，一边朝平台涌去。海月望着乔泰的高大身影，惊骇地合不拢嘴，顾孟宾、曹鹤仙与众行首也面露焦灼，彼此窃窃私语。[1]军营百长环视眼前激愤的人群，不禁伸手握住剑柄。

---

1 在荷文本中，此处为："人群中爆发出激烈的抗议声，其他人叫着等等看到底是何意思，但是被水手们的怒吼淹没了，他们不能容忍自己的保护神遭到冒犯，举起拳头朝前涌去。海月望向狄公，看似大惑不解。"

狄公高举双手，厉声喝道："尔等退后！这座造像尚未开光，因此无须敬畏。"

就在此时，从院门口传来"听命从事"的喊声。众人回头一看，只见数十名全副武装的衙役守卫正直奔过来。

乔泰用剑身平拍一下慧本的秃头，将他打倒在地，然后挥剑猛砍向佛像的左肩。只见长剑脱手掉在地上，佛像却是丝毫无损。

"真是神迹！"海月欣喜若狂地叫道。

众人纷纷朝前挤去，兵士们不得不掉转矛头冲外，将长矛平平端在手中，藉此阻挡人潮。

乔泰从平台上跳下，众兵士让出一条道来。[1]只见他直奔到高台上，递给狄公一小片从坐像肩上砍下的碎屑。狄公将那亮闪闪的物事高高举起，使得众人都能看见，又大声说道："此乃一场卑鄙无耻的骗

---

1 在荷文本中，此处还有"打虎的壮举令他在蓬莱一日成名"。

局！正是这群假装虔诚的骗子，才亵渎了佛祖圣灵！”

在一片将信将疑的喧嚣声中，狄公继续高声说道：“这尊佛像并非由杉木雕成，而是用黄金铸成的！一伙利欲熏心的歹人，希图藉此将走私的黄金运到京师中去，从而牟得非法暴利，如此亵渎神灵之举，实在骇人听闻！本县这就将捐赠人顾孟宾及其同谋曹鹤仙、慧本拿下，白云寺住持海月以及寺内一干僧人，也将以同案犯为由而悉数拘捕。”

此时众人已平静下来，方才明白了县令老爷的意图，既深为他的诚意所折服，也想得知更多内情。军营百长松开紧握在剑柄上的手，长长出了一口气，总算放下心来。

狄公又道：“顾孟宾亵渎佛门，欺瞒官府私运黄金，并谋害朝廷命官，首先带上来！”

两名衙役将顾孟宾从座椅上拽起，按倒在狄公面前跪下。只见他惊惶失措，面如死灰，浑身不住颤抖。

狄公厉声说道："待到回衙后，本县再细数你这三桩罪行。尔等的罪行始末我已尽知，包括你们如何从日本高丽偷运来大量黄金，先送至高丽坊，再将金条藏匿在禅杖中，由徒步行走的僧人转移到白云寺中；案犯曹鹤仙如何在城西的古庙里负责收取禅杖，再将金条夹带在书籍中送至京城；前任蓬莱县令王德化起了疑心后，你又是如何将毒药偷偷置于王县令书斋里茶炉上方的屋梁中，暗害了他的性命；最后你又如何谋划铸造金佛，以期瞒天过海，一举成就大事。还不快快招来！"

"小民冤枉！求老爷开恩！"顾孟宾叫道，"小民从不知道佛像是用黄金铸成，并且——"

"本县已听够了你的一派谎言！"狄公怒道，"况且王县令也曾留下消息与我，指明你便是杀人凶手！本县这就拿证据给你看。"

狄公从袖中取出一只漆盒，正是玉素交给乔泰之物，举起嵌有一对金色竹枝的盒盖，"你偷去了盒内的文书，以为销毁了罪证，从此万事大吉，但是却没料到王县令机智过人，将线索就留在漆盒上！这盒盖上的一对竹枝，不正是暗示着你那须臾不可离之的双竿手杖么！”

顾孟宾转头一瞥，只见那手杖正靠立在自己的座椅旁，正是用几只银环将两根竹竿合扣在一处，银环在火把的照耀下闪闪发亮，于是哑口无言，默默垂下头去。

狄公又冷冷说道：“王县令生前还留下了别的线索，证明他深知你不但图谋不轨，而且还打算害他性命。顾孟宾，本县再次敦促你从实招来，包括你那一伙同谋的名姓！”

顾孟宾抬头望向狄公，两眼失神，口中喃喃说道：“我招……我招。”揩揩额上的冷汗[1]，颓然说道，“高丽僧人将金条藏在禅杖里，乘坐小民的船只，来

1 “顾孟宾抬头望向狄公……揩一揩额上的冷汗”不见于荷文本。

往于高丽港口与蓬莱之间，慧本与曹鹤仙再将黄金从这白云寺运至古庙，再转运到京城去。我的帮手是金桑，慧本的帮手则是施赈僧慈海与另外十个和尚，名字我都知道，海月住持与庙里其他僧人皆不知情。金佛正是在这庙里由慧本监督铸成的，用的是焚化慈海尸身的炉火。至于方师傅雕成的杉木坐像，如今藏在小民的宅中。金桑曾雇了一个高丽匠人前去王县令的书房里，将毒药偷偷放在屋梁上，过后便打发他乘船返回高丽了。”又抬起头来哀哀望着狄公，大声叫道，“小民发誓这全是依令行事而已，求老爷开恩！真正的罪魁——”

“住口！”狄公声如雷霆，“休想再来扯谎！明日到了县衙大堂上，你再替自己百般辩解不迟。”转头对乔泰说道，“替我拿下此犯，带回衙里去！”

乔泰迅速将顾孟宾的两手捆在身后，押了下去，另有两名衙役紧跟左右。

狄公又抬手一指，曹鹤仙正呆若木鸡僵坐在椅中，看见马荣前来捉拿，突然跳起离座，朝高台另一头跑去。马荣朝前一跃，曹鹤仙企图闪避，却被马荣揪住了胡须末梢。只听曹鹤仙大叫一声，整副美髯掉落在马荣手中，干瘪的下颌上只留下细细一条油膏布，已是扯落了半截，随即长声惨呼，举手欲掩光光的下巴。马荣上前擒住他的手腕，顺势捆在身后。

狄公严厉的面上浮出一丝笑意，心满意足地自语道："原来却是个假髯公！"

假儒被揭颜面尽失

第十八回

狄县令解说恶阴谋
神秘人终现真面目

THE CHINESE GOLD MURDERS

午夜过后多时，狄公与三名亲随方才回到县衙，又引着众人径去二堂。

狄公在书案后落座，洪亮忙去屋角的茶炉上沏了一杯浓茶。狄公接过呷了几口，往椅背上一靠，开言道："节度使倪守谦[1]大人乃是我大唐名臣，长于刑侦断案。他曾写过一部《县令须知》，其中提到在办案时，切不可拘泥固执于一种设想，而理应在查案过程中，不断地重新审视检验之，并不断与实情进行比照。若是发现了与设想不符的新事实，不应试图曲解事实以迎合设想，而是应当改变设想以符合事实，或者全盘推翻放弃。诸位，我一向以为凡此种种都是显而易见，因此无须赘述，然而在王县令一案中，我却未能遵循这一原则。"淡淡一笑又道，"可见它并不如我所想的那样浅显易行！

“当那狡猾的幕后策划者听说我将要赴任蓬莱时，便打定主意要布下圈套，好让我忙碌几日，运金佛去京城乃是重中之重，并且眼看就要大功告成了。在金佛离开蓬莱之前，他意欲使我误入歧途，因此派了顾孟宾声东击西。顾孟宾得知金桑假托走私军械而骗取了玉素姑娘的帮助，便灵机一动也如法炮制，四处散布走私军械的谣言。我果然中了圈套，将走私军械作为办案的中心，即使在金桑吐露走私的实为黄金后，仍然坚信黄金是由我国运至高丽而去，虽然也隐约觉得如何获利实在是个疑问。正是在今晚，我方才恍悟原来事情恰恰相反！”

狄公恼怒地揪揪长髯，眼见三名亲随正急切等待下文，便苦笑一下，接着说道：“唯一可为我的目光短浅作为借口的，便是一连串偶然发生的事件，比如

---

1 即《迷宫案》中的人物。

范仲被杀，顾曹氏失踪，还有唐主簿的古怪举止，从而使得局势更加扑朔迷离。又有易本前来报告走私军械的传闻，他原本清白无辜，却被我错误地怀疑了很久，等会儿我自会解释这一错误。[1]

“今天晚饭后，洪亮带我去听戏，正是因此我才明白了谋害王县令的凶手是谁。在某一出戏中，有人曾将暗示凶手身份的字条藏在一枚杏仁里，但那字条只是为了转移凶手的注意，杏仁本身才是真正的线索！于是我猛然醒悟王县令为何特意选了一个贵重的古董漆盒来存放文书，因为盒盖上的一对金色竹枝正是暗示顾孟宾的双杆手杖。既然王县令对谜语颇为爱好，我甚至怀疑他还暗示黄金正是藏在竹杖中偷运来的，不过这一谜题怕是永远无法揭晓了。

---

1 在荷文本中，此处还有：“唯有顾孟宾和金桑二人知道我在码头用过晚饭后要转回白云寺去，于是在桥上做下手脚，曹鹤仙在桑林里盗去了慈海的禅杖，唐主簿的怪异行径让我以为他也与此案多少有所关联，白凯自然也在其中。”

“一旦得知凶手是顾孟宾，我才明白当他与我同去饭馆之前，打发金桑离开时说的话有何深意，当时他说‘你且自去行事，心中该有数吧’，显然他二人已议论过如果我探得实情的话，应当如何斩草除根以绝后患。我愚蠢地信口道出白云寺的僧人可能在古庙里做些不法勾当，甚至还提到顾孟宾捐赠的佛像即将运往京师，正是这些闲话，使得他以为我已尽知一切！在用饭时，我为了让顾孟宾谈论其妻，还隐约暗示顾太太意外卷入了其夫的某个计划之中，顾孟宾听了，自然以为我是在表明真相渐已大白，且随时都可能将他捉拿归案。[1]

“其实那时我离真相尚且远而又远，还在苦苦思索黄金如何能从内地偷运到古庙去。然而就在今晚，我自问顾孟宾与曹鹤仙到底有何关联。曹鹤仙有个堂兄住在京师，原是个不通世务的书呆子，因此很容易

1　在荷文本中，本段前还有“狄公呷了一口茶水，接着说道”。

被人利用而不会生疑，曹鹤仙可能将顾孟宾介绍给这位堂兄认识，从而助他将黄金从京师运至蓬莱。就在那时，我又记起曹鹤仙说过每隔一阵就会送一批书到京城去，于是终于眼前一亮，原来黄金是从他国偷运进来，而并非从我国偷运出去的！一伙狡猾的贼人正是因此逃过了高昂的关税和路税，汇聚起大量低价黄金，通过操控金市来牟得暴利。

“但是还有一个难点，仍令我一筹莫展。操控金市的阴谋，只有在获得相当大量的黄金后方可实现，虽然从高丽能低价购入黄金，但仍需先支付一大笔钱，还必须足以影响到京城的金市才能真正牟利，仅凭禅杖和书箱里装的区区几根金条自是远远不够。并且在我赴任之后，那伙人显然已改弦更张、另辟蹊径，因为曹鹤仙说过家中所有藏书都已运至京城。于是我才明白他们为何如此急于行事，也就是说，很快便会有数量巨大的黄金将要运到京师去。至于如何成行，答案自然就是顾孟宾捐赠的将由官府护送运至京城的佛像了。[1]

“这一计划实在胆大包天，足见主谋是个绝顶聪明之人。我也最终明白了马荣乔泰在河边目睹的怪案究竟是怎么回事。我查过蓬莱地图，发现顾孟宾的宅子就在第一座桥附近。你二人定是在雾中对距离判断有误，以为事情发生在第二座桥附近，并且第二天还去四处打问。易本正好住在那里，因此一度加深了我对他的怀疑。他虽然人品不佳，却始终清白无辜。不过除此之外，你们并没有看错，只不过顾孟宾的手下打落入水的并非是一个大活人，而是仿照佛像所塑成的泥佛！顾孟宾正是用此泥佛暗中制出了铸金佛的模具，然后再将那模具装入紫檀木箱中送往白云寺，海月倒是从未疑心有诈。后来慧本打开箱子，以焚化慈海的尸身为由，燃起了一把大火，将集中在一处的金

1 在荷文本中，本段前还有“乔泰怒道：‘曹鹤仙真是个伪君子！’狄公说道：‘这位博学的曹老先生演砸了自己的这出戏，未免太过火了，如此人物只存于书中而非世间。且说回正题！’”

条熔化后铸成佛像。我曾亲眼见过那紫檀木箱，当时还心中思忖焚尸居然需要恁大的炉火，但却不疑有他。就在两刻钟之前，我们从白云寺去了顾宅搜查，发现方师傅雕成的杉木佛像被锯成齐整的十来块，顾孟宾预备运到京城后重新合在一处，然后献给白马寺，与此同时，再将金佛交与主谋。泥佛倒是容易处置，打成碎片沉入河中便是，因此马荣才会踩到泥浆，还有粘在上面的纸型。”

“如此说来，”马荣说道，“我很高兴自己这双眼睛还靠得住，不然真要疑心是不是将一筐子垃圾错看成盘腿而坐的活人了！”

“敢问老爷曹鹤仙为何要参与此事？”洪亮问道，“他毕竟饱读诗书，而且——”

“曹鹤仙爱慕奢华，”狄公说道，“家业败落后，不得不搬到乡下居住，对此始终耿耿于怀。他样样都是虚假，就连胡子也不例外！顾孟宾主动拉拢，并应许给他相当份额的红利，他抵挡不了这一诱惑。慈海在半夜撞见顾曹氏和白凯时，手持的禅杖中就藏有金条，即是曹鹤仙定期收取的部分红利。顾孟宾对曹小姐心生觊觎，竟至忘了小心谨慎，逼着曹鹤仙将女儿嫁给他，实是犯下大错，从而证实这二人之间确有关联。”

狄公长叹一声，饮完杯中的茶水，又道：“顾孟宾虽然生性贪婪，且又残忍无情，却并非这伙人的主谋，只是个依令行事的走卒而已。但我暂且不能让他吐露出罪魁的名姓，因为很可能还有其他爪牙会通风报信。就在今夜——倒不如说是今早——我将派一队骑兵赶去京城，向大理寺卿告发那罪魁祸首，此时他们正等在外面，领队的什长告知我说范仲的仆人老吴已被拿获，正是在企图卖掉马匹时被捉住的。阿广逃离田庄之后，老吴很快发现出了人命，因为害怕被怀疑为凶手，于是盗了钱箱和马匹逃之夭夭，正与我们推断的一模一样。”

“一手策划并主持这走私案的罪魁祸首，究竟是谁？”洪亮问道。

“自然就是那奸诈歹毒的白凯了！”马荣叫道。

狄公微微一笑，说道：“洪都头的问题，我着实答不上来，因为不知到底是何人。我正等着白凯前来自报家门。事实上，我奇怪他为何还不现身，自打从白云寺回城，我便希望他会立即前来。”

三名亲随听罢十分错愕，正七嘴八舌地纷纷发问，只听有人叩门。班头进来禀报白凯没事人似的走进县衙大门，立时被守卫拘捕。

“带他进来，”狄公不动声色地吩咐道，“无须守卫押送。”

白凯刚一进门，狄公急忙立起，拱手一揖，恭敬地说道：“王先生请坐，我早就盼着能与先生谋面哩！”

“我亦有此意！”来者泰然答道，“议论正事之前，还请先许我稍稍洗一把脸！”

就在洪亮等三人目瞪口呆之际，只见白凯径直走到茶炉前，从热水盆里取出一条手巾揩揩脸面，再转过身时，颊上的紫斑与红鼻头都已消失不见，看去不再显得面目浮肿，双眉也变成细长直立，又从袖中取出圆圆一片黑膏药，抬手贴在左颊上。

马荣乔泰倒吸一口凉气，眼前正是在棺材里见过的那张脸孔，一齐大声叫道："死了的王县令！"

"此乃王县令的孪生兄弟，户部员外郎王元德先生。"狄公更正后，对王元德说道，"那块胎记一定使你们兄弟避免了很多尴尬误会，对令尊令堂而言，想必更是如此！"

"一点不错。"王元德说道，"除了这块胎记，我二人实在太过相像。长大成人后倒是没甚要紧，因为胞兄一直外放，而我却向来在户部行走，并没几个人知道我们原是孪生兄弟，不过这些都无关宏旨。狄县令，我来这里是为了向你致谢，因为你不但勘破了胞兄被害一案，而且我也被那杀人凶手在京师里诬告，正是你给了我讨回清白的必要证据。今夜我假扮成和尚，混迹在白云寺内，亲耳听你讲述如何破获这一谜案的经过，实话说我只是隐约有所怀疑，却从未深入查证过。”

“我猜那顾孟宾的主使，”狄公急急问道，“应是京师里的高官吧？”

王元德摇头答道：“非也，那人年岁不大，却是堕落一道上的老手，正是大理寺的侯主簿，户部郎中侯广的侄子。”

狄公面上变色，不禁叫道：“侯主簿？他原是我的一个朋友！”

王元德耸耸肩头，说道：“人们对于知交好友也常常会看走了眼。侯主簿年纪轻轻，且又天资聪颖，假以时日，定能在仕途上大有所为，但他自以为找到了一条通往荣华富贵的捷径，那就是使出欺诈手段，并且当阴谋败露时，甚至不惜干出杀人害命的勾当。加之情势对他亦十分有利，因为从其叔父那里可尽知户部的内情，作为大理寺主簿，又能过目所有公文。

他才是整个阴谋的罪魁祸首。”

狄公不禁抬手捂住两眼，这才恍悟六天前在悲欢阁内送别时，侯主簿为何力劝自己弃任蓬莱，他那恳切的眼神至今犹在目前。至少这一番情谊，总还不全是虚假，如今却是自己一手导致了侯主簿的身败名裂。狄公想到此处，勘破疑案后的欣喜之情顿时烟消云散，朝王元德闷声问道：“不知王先生最初是如何发现蛛丝马迹的？”

“我在算学计数上薄有几分天赋，”王元德答道，“正是因此，才能在户部节节升迁。一个月前，我留意到关于金市所做的定期呈文中有些异样，疑心正有廉价黄金暗中流入国境，于是单枪匹马私下进行调查，不料下属小吏竟是侯主簿的眼线。侯主簿得知胞兄正是蓬莱县令，蓬莱恰好又是他们走私黄金的源头，于是十分错误地以为我们兄弟联手与他为敌。实际上，家兄仅有一次在信中提过疑心蓬莱是走私重地，我也并未将此传闻与京师里的黄金非法交易联系在一处。但是侯主簿却犯了一个屡见不鲜的错误，即过早断定其阴谋已经败露，于是孤注一掷、铤而走险。他不但指使顾孟宾害死胞兄，还杀死了小吏，又从金库中取走三十锭黄金，将罪名全都栽在我的头上，让他叔父出面告官。幸好我在被捉之前逃脱出来，于是假扮成白凯来到蓬莱县，正是为了探得侯主簿一伙走私的证据，为家兄报仇雪恨，并洗刷我那些子虚乌有的罪名。

“狄县令的大驾光临，令我十分为难，既想与你联手，又不能暴露自家身份，因为一旦暴露的话，你出于职责，必须将我立时羁押并解送回京，但我想尽办法暗中助你一臂之力，主动接近你那两名亲随，并引他们去花船上，为的是让他二人对我认为可疑的金桑和那高丽女子产生兴趣，此举倒是颇为成功。”说到此处抬眼一瞥，乔泰连忙埋头喝茶，“我还试图引得他们去留意庙里的和尚，不过未能十分奏效。我也曾怀疑和尚与走私黄金有涉，却没能发现任何线索。

我一直密切监视白云寺，河上的花船作为监视地点很是便利。那天夜里，我看见施赈僧慈海偷偷摸摸离开寺院，便悄悄尾随其后，可惜还没来得及问出他去那破庙里做何勾当，他就倒地身亡了。”

“我向金桑探听得太多太细，使他起了疑心，因此同意带我一道乘船去高丽坊，还想着能将我顺手一并除掉哩。”又转向马荣说道，“在船上恶斗时，他们一力对付你，以为我不足为虑，过后随便就能干掉，实为大谬。没承想我随身总带着一把匕首，刚刚开打时，有人从身后抱住你，正是我一刀刺在了他后背上。”

“那一刀可真是及时的很哩！”马荣感激说道。

“我听见金桑临死前说的话之后，”王元德又道，“方才明白自己对走私黄金的怀疑果然为实，便划了小船立即赶回住处取我的匣子，那里面装着许多要紧文书，包括侯主簿对我的诬告和他操控金市的证据——我住在易家宅院的一间厢房里，皮匣就搁在房中，千万不可让金桑的同伙盗了去。既然‘白凯’已引起怀疑，我就索性放弃这一身份，转而改扮成了一个云游僧人。”

“看在大家一同喝酒厮混的分上，”马荣怨道，“你在离船之前，至少也该解释一二才是。”

“几句话哪里解释得清。”王元德答道，转向狄公说道，“这两条好汉虽然举止粗鲁了些，却很是得力。他们可否会一直为你效力？”

“当然。”狄公答道。[1]

马荣面露喜色，抬肘捅捅乔泰，“老兄，这下我们就不必去那天寒地冻的北方边陲遭罪了！”

“我之所以假扮成白凯，”王元德又道，“因为深知若是扮成放浪诗人和虔诚佛徒的话，迟早会遇上家兄曾结交过的那一干人，并且身为一个行为乖张的酒鬼，我便可以在城里不分昼夜地随时随地游走，而不

1　在荷文本中，此处还有：“‘少了他二人，我还真不知该如何是好。’”

会招致怀疑。”

“你这角色真是挑选得十分精心。”[1]狄公说道，“我会立即起草一份告发侯主簿的呈文，然后交由巡兵火速送往京师。谋害朝廷命官属于重罪，因此我可绕过刺史与节度使，直接呈至大理寺卿的案前，他将会立即下令缉拿侯主簿。明天我将审问顾孟宾、曹鹤仙、慧本等一干案犯，并尽快将结案呈文送往京师。至于王先生，依例我不得不将你暂时羁留在这衙内，以俟朝廷发来官文，撤销对你的不实指控。在这期间，我还想趁此良机，向先生详细请教此案中有关经济财政的细节，并征询有关本县田地税的最终精简事宜，还望不吝赐教。我研读过有关文卷，觉得农民所承担的税赋未免过于沉重。”

“十分乐意效劳！”王元德说道，“还有一事，你是如何识破我的真实身份的？我本以为须得对你说明

1 “我之所以假扮成白凯……挑选得十分精心”不见于荷文本。

其中的来龙去脉。”

“当我在内宅走廊上撞见你时，”狄公答道，“也曾怀疑过你就是凶手，为了从容搜寻王县令留下的证据，从而假扮成被害人的亡魂。此事令我心中难平，于是就在当天夜里悄悄潜入白云寺内，查看了令兄的尸身，结果却发现实在太过相像，纵使刻意装扮，怕也不能如此惟妙惟肖，因此断定遇见的果然就是令兄的亡魂。

“就在今晚，我才偶然发现了真相。我看了一出有关孪生兄弟的戏，他二人仅有的差别是其中一人缺了一根手指，这令我想到若是王县令也有一个孪生兄弟的话，他轻易便可扮成鬼魂模样，必要时在脸上贴块或画块胎记便可，于是又怀疑鬼魂究竟是否为真。唐主簿说过王县令的亲属只有一个兄弟，且从未与县衙通过音讯。‘白凯’正是在王县令被害之后来到此地，又对此案深感兴趣，通过曹小姐和一个眼光敏锐的饭馆伙计的描述，更使我怀疑他是由某人假扮而成的角色。凡此种种，皆表明‘白凯’是唯一合契之人。

“如果王先生的尊姓不是碰巧居于张王李这几个大姓之中的话，我可能会早些识出你来。当日离京外放时，你的被控与失踪正引起一场轩然大波。事实上，到底还是‘白凯’出类拔萃的理财手段提供了线索，使我想到或许与户部有所瓜葛，然后才恍悟原来被害的县令与潜逃的户部员外郎居然都姓王。”

狄公叹了口气，手捻颊须思忖半晌，才又说道：“若是换了别个见多识广的县令，定能提早勘破此案。但这是我头一次外放，只是个初出茅庐者。”说罢打开抽斗，取出一本簿册递给王元德，“这里面全是令兄亲手所录，至今我仍是不解其意。”

王元德一边慢慢翻阅，一边研究其中数目，半晌后说道：“我虽不敢苟同家兄的德行不谨，但无可否认的是，他一旦选定鹄的，便会十分精明。这是一份关于顾孟宾名下船只的详细进港记录，包括所付的入港税、关税和乘客人头税。家兄定是注意到关税过低，如此一来，顾孟宾怕是没能运进足够的货物以偿付其各项费用；同时人头税又过高，说明船里一定载客奇多，这些都引起了他的怀疑，并联想到了走私上去。家兄天性懒散，不过一旦遇见什么事令他好奇心大发的话，就会用起全副心思孜孜以求，不遗余力，直至查个水落石出，自从孩童时便是如此，这应是他平生解出的最后一个谜题了。”

“多谢多谢，”狄公说道，“如此一来，我的最后一个谜题也便迎刃而解，还有关于鬼魂的疑惑，也从你这里得到了解答。[1]”

“我深知若是假扮成家兄亡魂，在县衙里四处探查的话，”王元德说道，“即使被人发现，料他也不敢

1 在荷文本中，此处还有：“依我之见，你假扮作白凯，真是挑选得十分精心，因为你深知若是扮成放浪诗人和虔诚佛徒的话，迟早会遇上令兄曾结交过的那一干人，并且身为一个行为乖张的酒鬼，可以在城里不分昼夜地随时随地游走，而不会招致怀疑。”

上前拦阻。我之所以能随意进出衙院，是因为家兄在被害前不久曾给过我一柄开启后门的钥匙，显然他已料到将会遭遇不测，将漆盒托付给那高丽女子则是另一明证。我在书斋中翻检时，不巧撞到查案官，在二堂内寻找家兄的私信时，又撞见了老主簿，查看家兄的一应家什器具时又意外遇见了狄县令，那时甚是无礼，在此衷心致歉！”

狄公苦笑一下，说道：“我乐意接受！还有昨晚在白云寺内，你又一次扮作鬼魂出现，着实救了我一命。须得说这一遭真是吓得我不轻，你那手掌看去真如透明一般，随后突然在雾中消失不见，敢问究竟是如何做得那般令人毛骨悚然的？”

王元德越听越惊诧，到底困惑地说道：“你说我在你面前又一次出现？想必是弄错了！我从没在白云寺里假扮过家兄的亡魂。”

话音落后，四座皆寂。此时从庭院中隐隐传来声响，不知何处有一扇门正轻轻关闭。

后记

高罗佩

中国古代探案小说有一大共同特色，即总是由案件发生地的县令充当侦探的角色。

县令负责主管辖区内的行政事务，通常包括城墙围绕的县城和大约方圆二百里的乡下，并负有多种职责，不但全权管理收税、出生死亡婚姻的登记、田地即时注册，还要维持治安、主持断案、缉拿并惩罚罪犯、听取所有民事及刑事案件。由于县令实际掌管着百姓日常生活的方方面面，因此通常被称为“父母官”。

县令向来公务繁重、劳碌过度。他与家人同住在县衙大院内一处分割开来的独立院落中，依例每天须将所有时间都用于办理公务。

在中国古代官僚政治系统中，地方县令处于这一庞大金字塔的最底层。他必须向主管二十多个县的刺史汇报，刺史又向主管十来个州的本道观察使或节度使汇报，观察使或节度使再向位于京城的中央部门汇报，皇帝则居于最高地位。

任何平民，无论出身是贫是富、家世背景如何，一旦通过科举考试都可步入仕途，成为一名地方县令。就这一方面而言，当欧洲尚在封建制度下时，中国的政治系统已经具有了相当民主的一面。

县令的任期一般是三年，之后将改任其他地方，直至被擢升为刺史。这一升迁是有选择性的，完全依其实际政绩而定，因此资质平庸者通常做县令的时间会更长。

县令在履行日常职责时，有县衙内的一班永久人员辅助，比如衙役、书办、狱吏、仵作、守卫及走卒。但是这些人只办理例行公务，并不牵涉办案。

办案由县令亲自主持，并有三四个亲信辅助。这些亲信常是县令初入仕途时便挑选出来并一路追随的，其地位高于县衙其他人员。他们在当地无亲无故，因此办理公务时更少为私人考虑所影响和左右。出于同样原因，本乡本土之人不能被任命为当地县令便成了一条定例。

本书提供了中国古代法庭的基本规程。每逢开堂时，判官在案桌后就座，亲信与书办分立左右，案桌摆放在高台之上，桌面上铺有一幅垂至地面的红布。

衙役们在高台前方排成左右两列，彼此相对而立。在整个讼告期间，原告与被告都必须双膝跪在光秃秃的石板地上，夹在两列衙役之间，并无律师从旁协助，也可能没有证人，其处境很难令人歆羡。整个程序事实上是为了对平民百姓形成威慑作用，造成一旦牵涉进法律便会后果严重这一印象。县衙每天依例开堂三次，分别在早晨、正午和午后。

中国法律有一条基本原则，即任何人在自行招供罪行之前，不得被判有罪。有些顽固死硬的罪犯即使面对铁证仍会拒绝认罪，并藉此逃避惩罚。为了避免发生此种情形，允许依法用刑，比如用鞭子或竹板抽打，枷手或枷踝。除了这些法定许可的刑罚外，县令常会使用更加严酷的手段。但是，如果被告受到永久的身体伤害或是死于酷刑之下，县令及其整个衙内人员都将受到极其严厉的惩处。因此，绝大多数县令更依赖其精明的心理洞察力和下属的知识来办案，而并非一味使用酷刑。

总而言之，中国古代的政治体系运行相当良好。上层的严格管束避免了越轨不法行为，公众评议则是另一种约束邪恶或渎职县令的方式。死刑须得皇帝批准，任何被告都可向更高一级的法律系统提出申诉，最高可诉至皇帝面前。县令不可私下审问被控告者，包括初审在内的所有听审都必须在县衙大堂上公开进行，一切过程都将被详细记录下来，并呈报给上一级官员以供检查。

狄公是中国古代著名判官之一，历史上实有其人，是唐代的一位著名政治家，其全名为狄仁杰，生于公元630年，卒于700年，年轻时曾历任地方县令，由于勘破了许多疑难案件而赢得声誉。正是由于他享有断案如神的名声，在后来的许多中国公案小说里，他被塑造成一位英雄人物，当然这些小说的大多数内容并无史实基础。

狄仁杰后来官至宰相，对于国家政事有过许多良好建议，起到了有益的影响。当时大权在握的武后想要将皇位传给自己喜爱而并非合法的继承人，正是由于狄仁杰的强烈反对而打消了这一念头。

在所有中国公案小说中，县令总是同时办理三桩或者更多完全不同的案件，笔者在此书中也沿用了这一饶有趣味的特色，将三个案件组织成为一个连续的故事。依我看来，在这一点上，中国公案小说比西方侦探小说要更加符合实际，在一个人口众多的地区内，主管者同时办理多个案件才是唯一合理的方式。

笔者借用了中国明代小说中所描写的风俗，即十六世纪时的风土民情，而本书背景则是在几百年之前的唐朝，书中的插图也同样借用了明代的服饰习俗，而并非是唐代。敬请读者注意那时的中国人并不吸烟草或是鸦片，也不留辫子——这是公元1644年满族人入主中原后才强加于汉人的习俗。男子留长发并盘成顶髻，无论在室内或室外都头戴冠帽。

小说素材来源

谋害县令一案取材于中国原本《狄公案》中的“毒杀新妇”一节，此篇见于中国小说《武则天四大奇案》中，笔者将其书译成英文，并以《狄公案》为名出版（东京，1949年），其中讲述一位新妇在新婚之夜被意外毒死，后来查明在厨房的屋梁上盘踞栖息着一条蝰蛇，且正好处于茶炉的正上方，当开水的热气蒸腾时，蝰蛇便伸出头来，并将毒液吐入滚水里。笔者改动了某些情节，但完全借用了狄公发现真相的前后经过，即房梁上的尘土落入茶杯中一节。文森特·斯达莱特（Vincent Starrett）在其名篇《中国探案故事》（Some Chinese Detective Stories，*Bookman's Holiday*，兰登书屋，纽约，1942 年）中曾经指出过，这一情节令人想起了几百年后柯南·道尔所写的《花斑带》。

书中关于高丽国的部分，来自埃德温·赖肖尔（Edwin O. Reischauer）的研究著作《圆仁唐代中国之旅》（*Ennin's Travels in T'ang China*，纽约，1955 年）[1]。

---

1 《入唐求法巡礼行记》是日本僧人圆仁（794—864）随第十九次遣唐使团入唐求法巡礼过程中，用汉文所作的一部日记体游记著作，对九世纪中国的社会风习进行了详尽描述，是研究晚唐历史的重要史料之一。埃德温·赖肖尔（1910—1990）是美国历史学家与外交家，曾任美国驻日本大使，1939 年因对日本天台宗三祖圆仁法师所著的佛教史传《入唐求法巡礼行记》的研究获得哈佛大学博士学位，1955 年出版了研究著作《圆仁唐代中国之旅》与《入唐求法巡礼行记》英译本。

公元九世纪时，一位日本僧人游历中国，并留下旅行日记，在此日记的基础上，他揭示了高丽船运对于唐代中国的重要性，以及高丽人在中国东北沿海地区定居并享有治外法权的历史事实。本书还证实了中国行政制度在唐代已经发展到了何等的高度，旅行者在官道上沿途都要受到盘查，从一地到达另一地，需要多种官方文书才能成行。

新妇失踪及凶杀案取材于《古今奇案汇编》（上海，1921 年），是卷七《误杀奇案》中收集的一系列旧案之一，讲述一个女子受了轻伤，待凶手离开后自行逃走[1]。故事本身不是很有说服力，因此笔者加入了镰刀的因素，又将其改写一番以照应走私黄金的情节。

鬼神和人兽同体在中国小说里相当常见，对这

1　似为卷七之《错中错》一则，不过与作者此处所述不完全相符。此卷中另有情节颇为雷同的《高密疑案》《案中案》两则。

些玄怪神秘主题有兴趣的读者，可以参见翟理斯（H.A.Giles）翻译的《聊斋志异》（*Strange Stories from a Chinese Studio*）（初版：伦敦，1880年；美国版：纽约，1925年）。老虎在满洲和中国南方省份里都为数不少，但是马可·波罗说过老虎以前在北方也出现过，因此在这些地区内旅行漫游颇不安全。

本书第十五回中，狄公关于妇女地位的开明主张，看似是前后倒置的历史时代错误，实则并非如此。从很早的时候起，就有中国作家为女性立言，并反对男权伦理，当然无可否认的是直到1912年中华民国成立后，才开展了大规模的妇女解放运动，并且这些激进观点并未被普通中国民众所欣然接受。敬请参照林语堂收在《子见南子及英文小品文集》（*Confucius Saw Nancy and Essays about Nothing*，商务印书馆，上海，1936年）一书中的《古代中国的女权思想》（Feminist Thought in Ancient China）一文。

第十六回中关于遗产分配不公的第三出戏，取材于中国古代笔记小说《棠阴比事》，书中记载此案的判官是十一世纪的北宋著名宰相张齐贤[1]。笔者已将此书译成英文出版。

与狄公案系列小说中的其他几册一样，笔者仍然尝试在插图中展示出以前未曾披露过的中国家庭生活的方方面面，因此，在第六回中，读者会看到图中有一张样式简单的床，在第十五回的图中则是一副相当精美繁复的床架，在第十一回的图中还有一只中国式熔炉和一对风箱。这些图画仍是模仿明代书籍插图所绘，裸女形象则是仿照同一时期的春宫图。有一点必须说明，中国古代关于性爱的禁忌，

1 四部丛刊续编本《棠阴比事》，商务印书馆，上海，1934 年。其中有《齐贤两易》一则，并注明引自北宋司马光《涑水记闻》。原文如下：张丞相在中书，有戚里争分不均，又因入宫讼于上前，更十余断不伏。齐贤曰：此非台省所能决，臣请自治之。一日，坐中书堂，召至，问之曰：汝非以彼所分财少乎？皆曰：然。即命各责状结实，因遣两吏趣徙其家，令甲入乙舍，乙入甲舍，货财皆按堵如故，文书则交易之，讼者乃止。

与我们西方的有所不同，正是因此，他们完全不能理解西方传统中的遮羞布。中国人极其反对绘画中出现女子的裸足，认为这非常下流且不堪入目，虽然近年来已被视为陈腐观念，不过笔者为了以后的中文版发行考虑，还是认为在绘制插图时，将女子的裸足加以隐藏更为明智。

译后记

张　凌

《黄金案》虽然是狄公案系列小说的开篇故事，实则却是高罗佩先生创作的第四部小说。1956年，他担任荷兰驻黎巴嫩与叙利亚公使时，在贝鲁特写成此书，大约花了六周时间，后来依照初稿而出版。高罗佩先生曾在其他地方注明，写作此书时，第一次觉得终于找到了一种方式，既可令自己满意，同时也可被东西方读者所接受。这一进步表现在此书中需要二十二个人物（相比之下，《铜钟案》里有二十七人，《迷宫案》里有二十四人，《湖滨案》里有二十六人）。在此书中，狄公的几名随从已成为活生生的人物，其他角色也是如此，比如海月法师与曹小姐，唯独曹鹤仙过于夸张，显得说服力不足。[1]1958年，本书的荷文本由荷兰范胡维出版社（W. van Hoeve Ltd.）出版，书名为*Fantoom in Foe-lai*，意为“蓬莱鬼”。1959年，英文本由英国迈克尔·约瑟夫出版社（Michael Joseph Ltd.）出版，书名为*The Chinese Gold Murders*。1965年，日译本由日本东京讲谈社出版，书名为《黄金の殺人》，译者是高公的知交好友沼野越子（又名照山越子）。

本书中的地名蓬莱，在地图中写作“平来”，英文本是Peng-lai，荷文本则由于书名采用头韵法（即一行韵文或一首诗中几个词的头一个字母辅音不断重复，从而形成的一种韵律）而改为Foe-lai。考虑到中国的实际情况，译者采用“蓬莱”一名。书中人物顾孟宾和曹敏，在荷文本中名为魏孟宾、曹良。

1 ［荷］巴嘉迪、［荷］万莲琴著，张凌译：《高罗佩传》，上海译文出版社，待出，第十三章。

译者在南宋桂万荣《棠阴比事》一书中曾读到《玉素毒郭》一则，其中提到下毒与高丽人，疑为书中高丽女子玉素之出处，原文如下：

> 唐中书舍人郭正一，有婢玉素，极姝艳。正一夜须浆水粥，非玉素煮之不可，玉素乃毒之。良久觅婢并金银器不得，录奏，敕令长安万年尉石良捕之。石良主帅魏昶，有策略，唤舍人少年家奴三人，布衫笼头，及缚卫士四人，问十日内何人觅舍人家。卫士云有投化高丽留书遣付舍人牧马奴，索验之，乃云金城坊中有一空宅，更无他语。石良往彼处搜之，至一宅，封锁甚密，打开，婢与化士并在其中，乃是化士共牧马奴藏之。奉敕斩于东市。

后在南宋郑克《折狱龟鉴》卷七之《迹贼》中见

有《魏袒》一则，叙述更为详细，且指明郭正一“破平壤，得一高丽婢，名玉素，极姝艳，令专知财物库”。后来又看到高罗佩先生的译著英文本《棠阴比事》，在《玉素毒郭》一则后附有详细注解，足证先前的猜测不谬。试译全文如下：

> 《折狱龟鉴》的编者在书中作注，指出郭正一从未去过高丽，且从未与奴婢有涉，足见此事是从唐代小说中借用而来。然而这一案件显示出许多典型的特色，因此不大可能是虚构而成，很可能曾经发生在其他中国官员的身上，其人参加过对高丽的战役，或许正是公元668年唐军占领并劫掠平壤的时候。不幸的是书中只提供了一个极为简略的梗概，但是有一点似乎很清楚，即故事背景是高丽人密谋报复中国的征服者，否则魏袒的计谋就会令人迷惑不解。还有一点可以想

见，即中国官员从高丽战役中不仅带回了年青美丽的奴婢，还有为数不少的仆人，包括卫士和马夫。魏袒深知当堂审问宅内的高丽人毫无用处，因为他们必会袒护那女奴，于是才选了郭家的三名中国仆人（在《折狱龟鉴》与元版《棠阴比事》中附有‘端正’二字，意为正直忠诚），并让他们表现出似是心向高丽，于是方可确保卫士对他们道出真情。魏袒利用郭家的仆人而不是自己的手下，无疑正是为了这一目的，因为前者能够查明卫士所言是否为实。

另外，从小说的前言和正文中，可知高罗佩先生借鉴了有关唐朝时中国与高丽战争的历史背景。唐朝初年，朝鲜半岛上存有新罗、高句丽与百济三国。660 年，“百济恃高丽之援，数侵新罗，新罗王春秋上表求救”，左武卫大将军苏定方率领唐军，“水陆十万以伐百济”，并联合新罗，于8月攻破都城，百济王义慈与太子等人皆降，唐朝在百济故地上设置了熊津、马韩、东明、金连、德安五个都督府。[1]灭亡后的三年里，百济曾展开过复国运动，但最终失败。663年8月，在白江口发生的水战中，唐朝、新罗联军战胜了倭国、百济联军。668年，唐军伐高句丽，“九月，癸巳，李绩拔平壤”，分其境为九都督府、四十二州、一百县。[2]若是以史实与本书故事发生的时间来比照，书中的玉素似为百济人，但考虑上述高丽婢玉素之原型，译者还是一律采用高丽之名。倭国系日本古称，《古今图书集成》中记载：“咸亨元年，倭人始更号日本，遣使贺平高丽。”咸亨元年即公元670年，不过此次更名似未获得唐室立即承认——直至武则天当政的长安三年（公元703年），故此唐代

1　见《资治通鉴 · 唐纪》之高宗显庆五年。

2　见《资治通鉴 · 唐纪》之高宗总章元年。

张守节在《史记正义》中说“武后改倭国为日本国”，其时间发生在本书故事之后。或许是为了方便大众阅读，高罗佩先生对上述史实做了简化处理，在书中只用 Japan，因此译者依据原文一律译作“日本”。

本书中的白凯，原文中写作 Po Kai，依照读音规则可作“卜凯”。译者在《大汉学家高罗佩传》后附的《人名地名中外文对照一览表》中，见到“李太白”写作 Li T’ai-po 时，忽有所悟。高罗佩先生不但收藏有《李太白全集》，并且在著作中不时引用其诗句，书中的白凯诗酒风流、放浪不羁，尤其是第六回“醉相公吟诗对明月”一节，大有太白的潇洒风神，且所吟诗句似是取自李白《月下独酌》其一、其四之意，因此将人名定为“白凯”。

本书第二回狄公收服马荣、乔泰一节中，曾提到“全有或全无”，原文是 all or nothing，若从字面作解，可为“全有或全无”，若是采用引申义，则可为“孤注一掷”，或“要么全力以赴、要么索性不做”。

由于这是挪威剧作家易卜生名作《布朗德》中的名句，高罗佩先生在此或有一语双关之意，否则不会借乔泰之口将其奉为人生信条。特此说明，敬请读者见仁见智。

此回中提到的铸剑师三点，英文名为 Threefinger，直译当为“三指”。高罗佩先生的传记中曾提到三合会这一组织，在荷属东印度又称三点会[1]，英文版中写作 Three Finger Bond，因此译者采用“三点”一名。

第十五回中唐主簿自述变为人虎的经历，其中某些细节，与日本作家中岛敦的著名短篇小说《山月记》中李徵自述如何化为猛虎的过程不无相似之处。关于人虎，高罗佩先生在另一部著作《长臂猿考》中也曾有所提及：“公元一世纪，佛教从印度传入中国。佛教认为所有动物皆有灵魂、灵魂可以轮回之教义结合中国古老的有关动物长于采气的理念，强化了炎黄

1 《高罗佩传》，第七章。

子孙有关动物的神秘性观念，他们甚至相信动物能化身为人类，反之亦然，诸如广为流传的虎人、狐人等传说。”[1]关于人虎与鬼魂显灵等问题，高罗佩先生在《铁钉案》一书的后记（二）中亦有解说，有兴趣的读者敬请参阅。

本书第十六回中提到的于公，当是西汉丞相于定国之父。《汉书》卷七十一有载：“于定国字曼倩，东海郯人也。其父于公为县狱吏、郡决曹，决狱平，罗文法者于公所决皆不恨。郡中为之生立祠，号曰于公祠。”桂万荣在《棠阴比事》的序言中曾提及此人，高罗佩先生在译著《棠阴比事》英文本中也为他作注，记述其言语事迹。

本书后记中提到的埃德温·赖肖尔（赖世和）是著名的日本学家，早年曾师从叶理绥（Serge Elisseeff），并担任过哈佛燕京学社社长。作为美国

1 ［荷］高罗佩著，施晔译：《长臂猿考》，中西书局，2015 年 1 月，第 28 页。

驻日本大使，他在 1966 年前后与高罗佩先生常有交往。[1] 在其本人的自传中，也曾提及高罗佩先生，现试译如下："从另一个层面上说，自从学生时代起，我便与荷兰大使高罗佩相识。他毕业于莱顿大学，以其创作的系列推理小说而闻名，这些小说以狄公为中心人物，情节紧凑，扣人心弦，采用了十四至十七世纪中国明代小说的写作风格，然而表面上却使用了七至十世纪中国唐代的逸闻趣事。在某一本书中，他还注明曾借鉴过拙作《圆仁唐代中国之旅》中的资料。"[2]

译者在读到有关高罗佩先生的生平记述时，不时会发现一些或与小说相关的有趣细节，不妨摘入译后记中与读者分享一二。莱顿大学的中国语言和文学教授何四维（Anthony Hulsewé）博士写过关于高罗佩

1 《高罗佩传》，第十六章。

2 Edwin O. Reischauer: *My Life Between Japan and America*, Harper & Row, Publishers, New York, 1986, p.185.

先生的生平简介，其中提到“一旦兴趣被激发，他就会克服一切阻碍去穷根究底，他所有的学术研究都证明了这一点”。在荷兰驻日大使馆里，“他做的事情很少，人人都知道虽然他几乎不工作，但是一旦有重要事件发生，他总能建立起有效的信息渠道，提出正确的建议，或是很快写好一份出色的、见解深刻的报告”。荷兰外交部一个最高级官员曾经就他的工作说过：“我们当然从没指望他能分毫不差地执行命令，但是他永远不会做出蠢事。”[1]高罗佩先生本人亦是兴趣多样、爱好广泛，并收藏有《花营锦阵》《江南销夏》等明朝春宫图册。从以上叙述中，不难看出本书中蓬莱原县令王德化的影子。

本书第十五回中唐主簿临终前大段呓语般的自白，或可与《湖滨案》楔子的呓语叙述对读。书中被夫休弃的曹小姐后来结局如何，乔泰寻找的仇人何

---

1 《高罗佩传》，第十章。

在，在其他后续作品中都将提及，还有第十八回开篇处提到的节度使倪守谦，也将会在《迷宫案》中大显身手。凡此种种，足见作者对于书中人物的命运遭际，自始便有着明确的设定与通盘考虑，因此方可做到令这一系列小说既能每本独立成篇，又能在整体情节上前后呼应，做到“草蛇灰线，伏脉千里”，读来格外引人入胜。

原作于 2018 年 11 月

修改于 2024 年 10 月